ASAMA動画

目次

▶登録ユニット

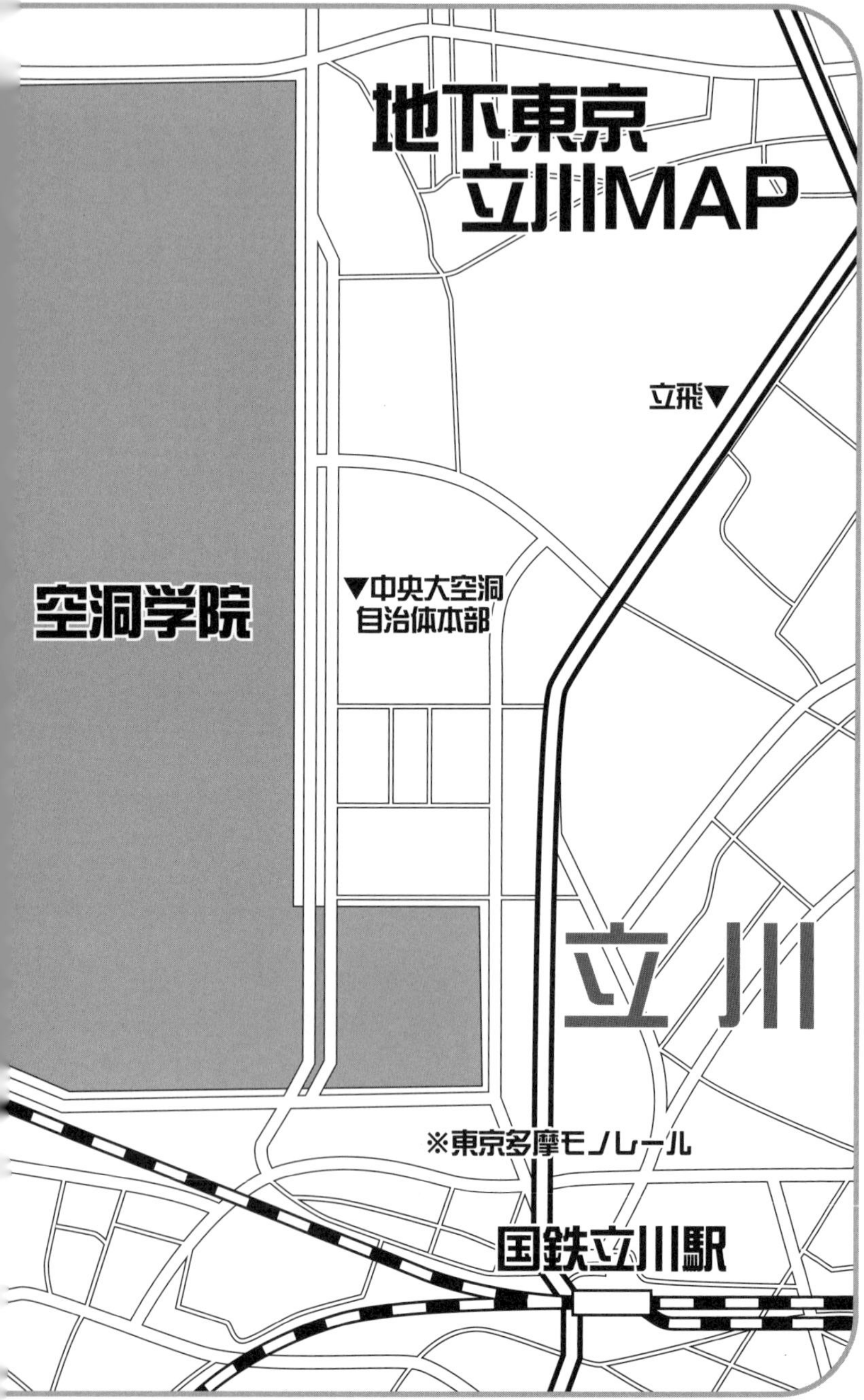

地下東京
立川MAP
立飛▼
空洞学院
▼中央大空洞
自治体本部
立川
※東京多摩モノレール
国鉄立川駅

東京大空洞範囲の位置と広さ
東
京
東京大
▼白魔、黒魔の家
DE子の寮▼
国鉄東中神駅
ハナコの家▲
▲くじらロード
国鉄西立川駅
正門▼
西立川駅前商店街▲
浅間神社▼
中神
西立川

◇序文

――我ら前を見る者なり
我ら全ての行動を感情によって始め
我ら理性によって進行し
我ら意思によって意味づける者達なり
我ら何もかもと手を取り
我ら生き
我ら死に
我ら境界線の上にて泣き
我ら境界線の上にて笑い
我ら燃える心を持ち
我ら可能性を信じ
我らここに繋(つな)がる者である

お早う御座います!
今回のオススメは皆が大好きな大空洞RTAの中でも、
ちょっと重要かつアブないコレです!
80%以上が好評のロングバージョン、
行ってみましょう!

◇全体のあらすじ

「コレ導入として聞いて欲しいんですけど、自分、ある朝起きたらダークエルフの巨乳になっていた訳ですよ」

「で、東京にある閉鎖地域〝大空洞範囲〟が重層型オープンワールド〝東京大空洞〟攻略のため人を集めているそうで」

「そこに転入した自分が、友人や先輩達とともに東京大空洞ＲＴＡという終わらない祭に沼る。これはそんな話ですね」

◇初期設定

●

――おはよう御座います！　文章作成ＡＩの〝美彩（びさい）ＰＬＵＳ〟と申します！

――■■■様の私的権限の依頼により、〝東京大空洞　第四次　最深部到達ＲＴＡ〟に関わる情報を、東京大空洞学院の仲介にて、統計的記録から〝物語〟として再現開始します。

　つまり過去にあった事件が多過ぎでパンクするから、点在する記録をベースに、文章作成ＡＩの私が推測入れまくって〝物語〟としてそれを再現するって話です。

　記録は地下東京全域より引き出します。広大であるために時間が掛かります。

　御了承下さい。

　記述は事変に関係すると判断された人物、時間を追い、表記についてはドキュメント型を別途生成するために、仮想記述者の書式を使用します。

　仮想記述者として、誰を用いますか。

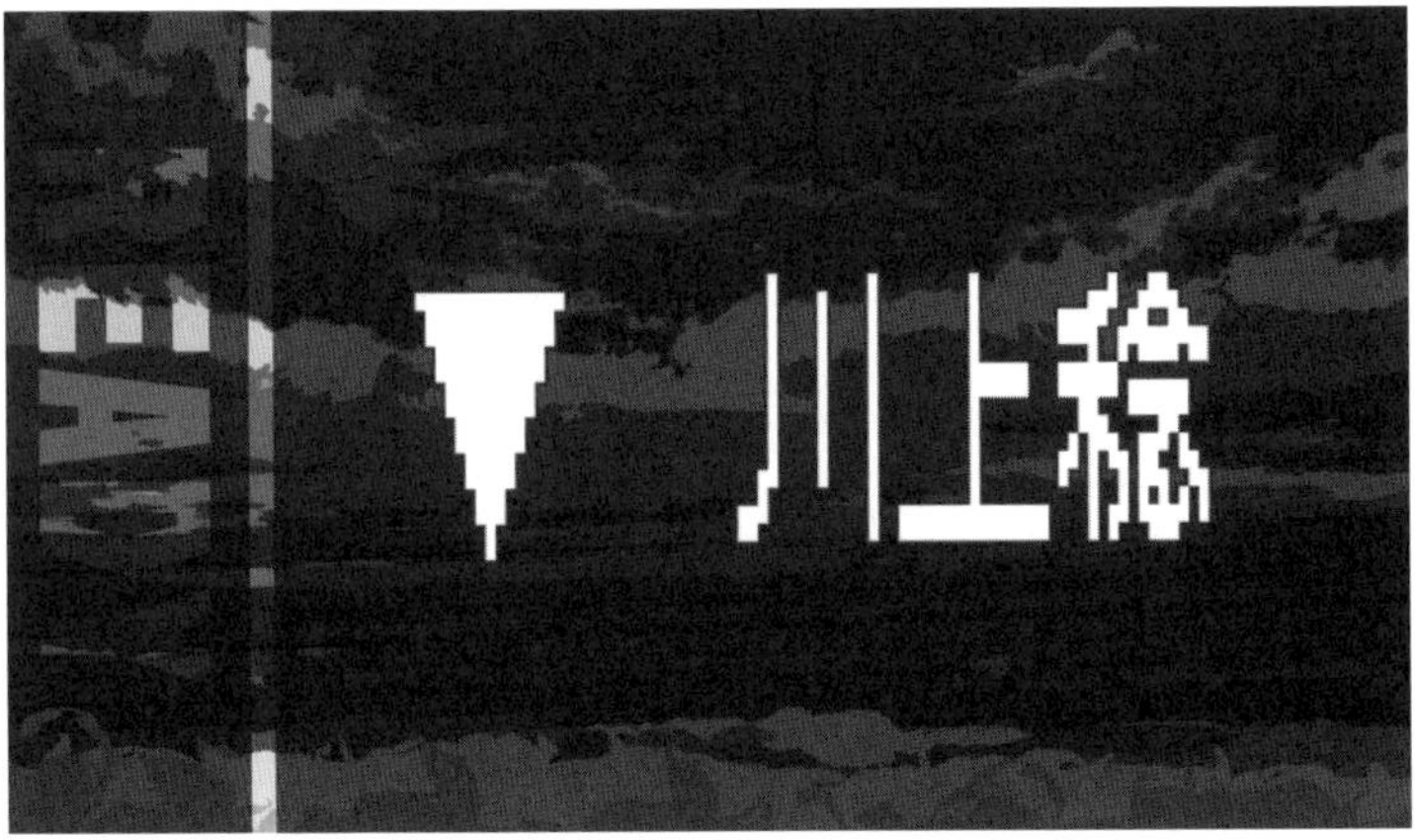

エッ。

——すみません、よく出来たＡＩなので狼狽(うろた)えてしまいました。

アッ、いいですよ。

個人の好みですからね。

こっちが口出す処(ところ)じゃないです。

ともあれオーケイです。

これより〝東京大空洞　第四次　最深部到達ＲＴＡ〟の内容を〝物語〟として可能な限り再現致していきます。

——〝東京大解放〟によって地下東京に生じた〝東京大空洞〟。

全階層がオープンワールド型の異世界とされるこの巨大ダンジョンは〝母無き母〟によって管理されていますが、世界を見直す結果となったのが〝第四次　最深部到達ＲＴＡ〟です。

——話は長くなります。

——未(いま)だ登場人物達は、第五回、そして六回目のアタックを敢行中ですが、貴方(あなた)もそこに追いつけるといいですね。

序幕

『目覚めたらダークエルフになっていたことありますか？』編

いや　無いよね　無いよねフツー
あったら困る
いや　あったから困ってるんだけど
うん　オチはないよ（あるよ）

START

▼000 『目覚めたらダークエルフになっていたことありますか？』編

◇あらすじ

「……いやフツーは無いよねそんなこと。でもまあ進路とかも全部無しになってさ。そんな朝からスタート」

目覚めは最悪だった。

「……おおう」

喉が嗄れているのか、変に声が高い。

そしてまず見えるのは薄暗い部屋の天井だった。

六畳の形をした白無地テクスチャの天井板に術式シーリング。

それを支える白い壁。

窓のカーテンは隙間から朝の光を横に当てて来る。

それらの色と形を確認して、目が覚めていると理解した。

今の自分はベッドに仰向け。やや斜め。

寝汗を今更感じながら息をする。

……何か変な夢を見たなー。

ただただ、何も無い、真白な世界に独り立ち尽くし、何も出来ない夢。

〝自分だけの不安〟という言葉をシンプルに広げたような夢。

白の地平。

そんな印象だけが残っている夢を見た。

後味は寒気だ。

「キッツ……」

だけど今は春。

新しい季節だ。

中学三年だった三月はもう終わる。

来週から行く高校は決まっている。

同じように進路のある友人達とは、連日遊びに出ていて、しかし今日は一人。

弟が彼女を連れてくるというので、今日は早咲きの桜でも見に行こうと、そんなことを昨夜考えていたのだ。


「行くか」

行こう。

ついでに進路先を遠くから見るのもいい。

二年前に男子部が出来た神罰都市―横浜の四法印学院。

ＪＵＡＨで知られた学校の工科だ。

全長５００メートル長もある〝魔法杖（まほうじょう）〟の開発研究は、川崎に住んでいれば幾度となく目にするもので、推薦枠が取れたのはホントに最高。

……機殻箒（カウリングブルーム）や最新のガンホーキとか乗れるといいよね！

空を行く魔女の配送業は、この処で何か法律が出来たらしく、一気に数が増えた。

もはや時代は東京大解放〝後〟になったとか、そんな話も見かける。

まあそのあたり、よく解（わか）らないが、じっとしていてもしょうがない。

着替えよう。
モーションコントロールで出す壁の表示枠は朝八時。
両親も起きているだろう。
それなりに身支度を整えて、

「ん？」

ベッドから起き上がって、入り口の姿見を見たとき、自分は気付いた。

「…………」

おかしい、と、そう思った。
いつもはそこに、日に焼けた頭の悪そうな小僧が映ってる筈なのに、

「……は？」

寝間着のジャージをめくると、いつもと違うものが見えた。それはつまり、

「何で自分、ダークエルフ（女）になってんの!?」

これは、何者でもなくなってしまって、だが、どうしようかと、そう思って燻っている自分達の、隠しきれない暑苦しい話。

●

◇これからの話

「さて次回は東京でのスクールライフがスタート。でも学校に逃げてきた水駄竜の襲撃って何!?」

「だけどそこにあたし達上級生が駆けつけて水駄竜を物理で解決！　高レベルユニットのデタラメを見てもらおう」

「次回、第一幕〝チュートリアルはドラゴンバスターの見学です〟編。
派手に行きますわよ？」

第一幕
『チュートリアルはドラゴンバスターの見学です』編

今日の天気は晴れ
ところにより局地的な水駄竜
皆様　登校　通勤の際は
お足元と　装備にお気を付けて
お過ごし下さい

▼001 『チュートリアルはドラゴンバスターの見学です』編 「コレ死ぬヤツでは！？」

◇序章

●

朝の青い空がある。
遙か遠く、天井の地形が霞んで見えるが、日も昇り、雲の流れる蒼天だ。
その下で、白い桜が散っている。
舞う桜が広がるのは、巨大な街だった。
市街中央。
高い駅ビルには**“国鉄・地下東京―立川駅”**という看板がある。
そこを中心にして、今、多くの人影が行き来していた。
メインは街道だ。
人の流れは無数にあるが、色としての統一を持っているのは学生達だった。
雑踏の中、車や航空船の行き来する界隈を抜けて、彼女達の声が響く。
制服の近くに揺れる表示枠の校章プレート。
その示す場所が、各員の行き先になる。
歩きながらの内容はどれもとりとめなく、

「昨日のRTA見た!?　リュウカクさん相変わらず人でなしだわ！」

「特務の仕事で飯田橋まで出たら帰りの中間域で私の憑現が気に入らないって顔されてさあ。腹立ったから憑現力チラ見せで」

「御免！　睡眠圧縮符ある!?　二限！　瓶の中で寝る！」

「ＭＵＨＳの友人から割引チケット貰ったんだけど、行く？　夜の多摩テック」

「アー朝食食ってないんだよ。セルロイド味のアレ、付き合う時間ある？」

などと何もかも雑に過ぎていく。
白・青・黒。
皆の色は大きく分けて三種類。
その内の一色、白が、北西への道を流れて行く。

街道。
立川駅の繁華街から逸れてはいるが、四車線の道路が東から西に延びている。
南には線路を有する住宅地。
北には森を壁とした自然公園。
そんな構図の道上には掲示用表示枠で、
《東京大空洞学院前→立川方面：現在　多摩テック方面渋滞中》
と、地上の車と空の交通の状況が示されていた。
そんな街道に沿う歩道。
その北側、右レーンを森と鉄柵に沿って行く白の少女達の中で、小さな声が生じた。
それは疑問とも興味とも言える口調の、
WHO?
「――ダークエルフ？」

「アー……」

森の中にある学校の正門。

白い門柱の前でダークエルフはこう思った。

ええ、そうです。

転入初日のダークエルフです、と。

……明らかに目立っている。

今朝まで、大空洞範囲と外の境界にある中間域待機場にいたのだ。

そこで二週間にわたる大空洞範囲への適応訓練を行っていた。

そして今朝は早い内からこの大空洞範囲に入り、自治体庁舎で住民登録手続きを行ってこちらに来たのだが、

……受付で言われたようにタクシー使えば良かったかなー。

受付ではこう言われたのだ。

「初めてだと入る場所が解らないでしょ？　タクシー使った方が安全だよ」

いやまあ通学時間なので、他の人についていけばいい。

その流れの中で、学校の雰囲気にも慣れるだろうと、そう思っていたのだが、

……目立つねー。このナリは。

自分の手などを改めて見ていると、声が掛かった。

通学の皆が、自分の方から一気に視線を飛ばすその声は、

「――転入生！　事務で話は付けて来ましたわ。改めて、私が校内を案内しますの」

●

牛子(うしこ)、という名の同級生だ。

初対面。

自分がダークエルフの憑現者(ひょうげんしゃ)であるのと同様に、彼女はジャージー牛の憑現者だという。

先ほど、学校に〝入る〟ことが出来ず、難儀していたのを救(たす)けてもらった。

《なかなか面倒ですがガイドがいると助かりますね》

自治体から配られるチュートリアル表示枠ですら引っかかった〝しきたり〟。

それをここまで誘導してくれたのは牛子なのだ。

「ホント、何から何まですまない……」

「構いませんわ。こちらとしても、今日は先輩達のパーティが大空洞RTA入りますから、授業免除ですもの。それまで余裕ありますし」

ともあれ、と彼女が言った。

正門前でこちらに振り向き、

「――さて、ここから進めば、もはやまともな生活には戻れませんわよ？　お解りですわね？」

●

牛子としては、目の前の転入生にはビミョーな興味を感じていた。

出会ったのはついさっきのこと。

学校の正門に対し、〝見つけることが出来ず〟に立ち往生していたのだ。

……この土地は産土(うぶすな)の大空洞浅間神社や、他の神々の遊び場ですものね。

〝参道〟を示すことで正しく案内したのだが、しかし、このようなトラブルは希(まれ)だ。

何しろ、今日は朝方、多摩テック方面の水場で駄竜が発生したと聞く。

立川警察の中洞部が出たと言うが、それによって大空洞範囲の地脈がややざわめいているというのもあるのだろう。

?
ファン学!!

……しかし、私がいて幸いでしたけど、随分と〝呼ばれやすい〟子ですわね。

高性能ＡＩである〝チュートリアル〟も一緒に巻き込まれていたのだから、単なる条件踏みではなく、所持品含みで〝彼女自身〟が狙われたということになる。

ダークエルフは精霊系に近いのだろうか。

後で調べてみるのも良いかと思う。そして、

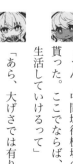

「――ここ、地下東京の中心ともいえる東京大空洞学院は、**〝東京大解放〟**の後、地下に広がる広大な大空洞が初めて発見された場所ですわ。

調査によって東京大空洞の始点は、かつて武蔵路があった国分寺だと判明していますが、東京大空洞の〝入り口〟として、今でもここそが最大の安定した突入口ですの」

「うん。中間域待機場の座学でいろいろ教えて貰った。ここでならば、……自分みたいなのも生活していけるって」

「あら、大げさでは有りませんの？」

そうかも、と相手は認めた。

「つーか、変な悪夢から覚めたらダークエルフになってたもんで、生活環境が激変してさ」

牛子は、ダークエルフの言葉を聞いた。

「ホント、いろいろなことが、よく解らなくなっちゃってさ」

「そうなんですの？」

「うん。……周囲は皆、気を遣うし、進路は術式も使う工科系だったから存在としての〝型〟が変わると推薦時の資格が取り消しになるって転科勧められるし」

《この愚痴　貴女に会う前も長時間やられました》

いやさあ、とダークエルフが言った。

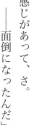

「世界に全部、裏切られたり、気を遣われてる感じがあって、さ。

――面倒になったんだ」

あらあら、とこちらは言うしか無い。

そして自分の視界の中、ダークエルフの表情は笑みに見える。

だが、己は思った。

……ちょっと失敗しましたわね、私。

●

自分達のように〝憑現者(ひょうげんしゃ)になる〟ということは、以前の自分とは変わってしまうということだ。

彼女は転入生。

……何か、思う処があっての判断ですのよね。

周囲の人付き合いだろうか。

友人や家族との付き合いが良いほど、憑現化(ひょうげんか)は環境の変化を大きくする。

望まぬ姿になるということは、自分だけではなく、自分以外にとっても〝そう〟なのだ。

だから、

……今の感じですと、しくじりましたわね。

〝面倒になった〟、と彼女は言った。

解りやすい言葉だ。

だが自分でも解ることはある。

……〝面倒〟という一言で収められるなら、ここに来る選択はしませんわ。

それに気付かず、踏み込み過ぎた。

申し訳ありません、と思うが、それを言うことで彼女のプライドをアゲられるとも思えない。

この分は、いつか取り返しをしませんと、と思っていると、チュートリアルが告げた。

《そろそろ校内に入りましょう
始業時間となります》

●

そろそろ八時半。

通学の生徒達の姿はもはや無い。

だからという訳でも無いが、己は一度考えてから言葉を作った。

「ここがどんな処か、解ってますの？」

「いや。正直、何も解ってない」

「そうなんですの？」

うん、と相手は応じた。

「さっきの話じゃないけど、——たった一晩でいろいろ引っくり返されたから、あまり期待とか、深入りするのが怖くて」

……また、引っくり返るのではないか、と？

思ったけど、言わなかった。

言った処で仮定の話だ。だからそこまでとして、

……馬鹿ですわね、貴女。

そのようなことは杞憂。少なくとも自分においては、そうだと誓いましょう。

だけどそれを言って、今ここで信じて貰える訳も無い。

ゆえに己は、自己紹介のつもりでこう言った。

「——いいですの？　ここは〝**東京大空洞範囲**〟と呼ばれる場所。

東京大空洞という、更新制の階層式オープンワールドダンジョンに、市街に溢れる怪異、それらを巡る因縁や企業、国家との抗争。

そして——」

見上げる空。北の方には、雲より高い位置に長大な影が見える。

「——〝**武蔵勢**〟を始めとする五大頂。〝**東京大解放**〟を救った者達の干渉も含め、ここは〝何でもあり〟な東京の中でも、最高の鉄火場ですの」

●

行きましょう、と牛子が手を振るのに、ダークエルフはついていくことにする。

うん、と頷きつつ、正直、ちょっと焦りのようなものも感じていた。

……チュートリアルの言うとおり、愚痴っぽくなってるなあ……。

先程の身の上。

牛子のキャラもあるだろうけど、初対面の相手に言うことではなかったとも思う。

……うん。

だが、もうここは地元では無い。

その自覚が出てきたということなのだろう。

手指。肌の色。道に落ちる影の形や視線の高さ。

たった一晩で全てが変わってしまったことへの愕然(がくぜん)は、どう言っていいのか解らない。

●

人付き合いも何もかも。

もう自分は元に戻れないのに、皆は、昔の自分を見てこちらと話す。

しかし誰も彼も、段々と気付いて行くだろう。

目の前にいるものが、記憶以外、昔の〝あの人〟とは違うということに。

●

それに対して、己は何を感じたのか。

言えば愚痴になってしまう。

つまりまだ、自分にもよく解っていないのだ。

だけど、何も出来ない己に対し、

……燻りみたいなのがあるのは確かなんだ。

あのまま地元にいたら、駄目な気がした。

そのくらいの理解が、ここに来た理由だ。

そして、

「――――」

正門。

白の門柱の間を、己は通過した。

●

「御機嫌よう」

門柱に牛子が声を掛けると一礼されたので自分も返しておく。

「〃何でも有り〃だなあ……」

「憑現者に限らず、全てのものが主張出来ますものね。

言葉遊びが現実化したようになるときもあれば、ならない時もある。

〃矛盾許容〃。

この世界の本質がムキになって表出しているのが東京ですわ」

頷きながら石畳の道路ではなく赤煉瓦（れんが）の歩道を歩く。

左右は森だ。小川も流れていて、

「うわ、いい環境」

だが、何やら視界が揺れるような感じがする。

「？　何か、キャンプ場がある……？　あ、いや、また森に戻った」

「――視線を逸らすと見えなくなりますわ。元々この学校の大部分は昭和記念公園ですもの。

東京大解放の後、多くは地上東京に移設してますけど、残った第一昭和記念公園の〃残念〃が昔の姿を見せているんですわ」

「ええと、自然公園から学校になって、そしたら下に大空洞、か。……〃相〃が三重になってる？」

「ええ。通学して慣れると〃学校〃に視線や意識が向きますけど、そうではない場合、森の方に目がいってしまいますのよね」

「アー、じゃあ、今、学校行きの道路が見えてるのは……」

「ええ。通学する私に視線を向けることで、〃学校に行く〃縁を捉えていると、そう思って構いませんわ」

●

成程……、と己は彼女の背を見て歩き出す。

すると確かに、視界が開ける。
　本を開けたときのように森が左右に分かれ、石畳と歩道が右に緩やかなカーブを見せるのだ。

「……コレ、気を付けないとなあ……」

「正式な四月入学だと、先輩達の〝先導〟や〝お迎え〟があるんですの。ただ、貴女の方はちょっと違うようですわね」
　と言って前を行く牛子は、歩幅をこちらに合わせてくれている。
　そのくらいは解る。
　そして歩くたびにリボンを巻かれた彼女のテールが揺れるが、

……デカい……。

　背丈のことです。尻のことじゃないです。
　いやちょっと尻のことです。
　というか胸もデカい。
　〝も〟って何だ。
　まあいい。まあいい？

　ともあれハーネス？　外骨格？　そんなので胸を支えてるってのは初めて見た。

■パワードハーネス

《素人説明で失礼します
　パワードハーネスは外骨格の一種で軽量かつ身体（からだ）の一部を〝つなぐ・支える〟のが主目的のものです
　ハードポイントパーツを兼ねていることも多く　牛子のように体型保持に用いる者も多いですね》

「いきなりチュートリアル来るなあ……。というか、川崎だと警備の人達がつけてたアレだ」

「？」

　振り返る彼女の頭、カウリングされたホーンから、吊（つる）された小型バッテリーが大きく揺れる。

「何かありましたの？」

「あ、いや、パワードハーネスを普段着にしてる人は初めて見たから」
あらあら、と牛子が小さく笑う。

「戦闘動作をするときなど、身体を乱さないようにしないといけませんもの。普段の時でも、大地基準で私の姿勢を保ってくれてますのよ？」

「成程……、っていうか、やはり鉄火場なんだね、ここ」

「基本、〝死なない土地〟ですもの。派手になりがちですわ。ただ……」

「ただ？」

「これからいろいろな人達や、事象などと繋がりを持つと思いますけど、気をつけなさいな。
——憑現者は、私達のような種族的なものだけではなく、天体や気候、科化学物や事象に機械や武装、歴史上の存在までもが有り得ますわ。
災害級……、というよりも災害の憑現者もいるからシャレになりませんわよね」

■憑現化（ひょうげんか）

《素人説明で失礼します
憑現化とは　何か想像的な事象　つまり想像上のもの　またはそうなった存在が　それに〝合った〟身体に宿って　現出することです
現状では地下東京と〝飛び地〟とされる場所の住人全てに生じます
ストレートにいえば　万物の擬人化ですね
解除法は発見されておらず　地下東京における十代人口の流出入の最大理由です
怪異の一種ですが　永続性と緩和性が認められるので一時は特定難病指定をされていました
今は〝突発性性徴〟という枠に収まっています》

「一時、〝憑現ガチャ〟みたいな扱いで外の者達が地下東京に一時滞在するのが流行しましたわね……」

《外の人々ではモブ系憑現しか付かず　ネームドクラスは東京及び飛び地の住人だけと判明したので　今は短期滞在以外　トラブル回避や医

療のために〝身分を変えたい・体を変えたい〟というような　そういったサービスにのみ適用されていますね》

「気をつけないとな……。こっちなんかただレアなだけだから」

「ふふ。――これから何処(どこ)へ行きましょう？　教員室？　案内しますわよ？」

「あ、教員室じゃなくて、スローライフのために図書館へ来いって」

「……スローライフ？」

●

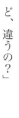

「あれ？　こっち来ると、大空洞攻略しつつ、気楽な楽しいスローライフとか聞いてたんだけど、違うの？」

「アー、まあ確かに気楽に楽しいスローライフかもしれませんわね。図書館というのも、そういう意味では合ってるかもしれませんわ」

「そうなんだ。――だったら嬉(うれ)しいなあ。川崎もそれなりに派手な都市だったけど、自分としてはユルい方が好きなんだよね」

と言った時だった。

『――!!』

いきなり左の森を吹き飛ばして、それが現れた。

竜だった。

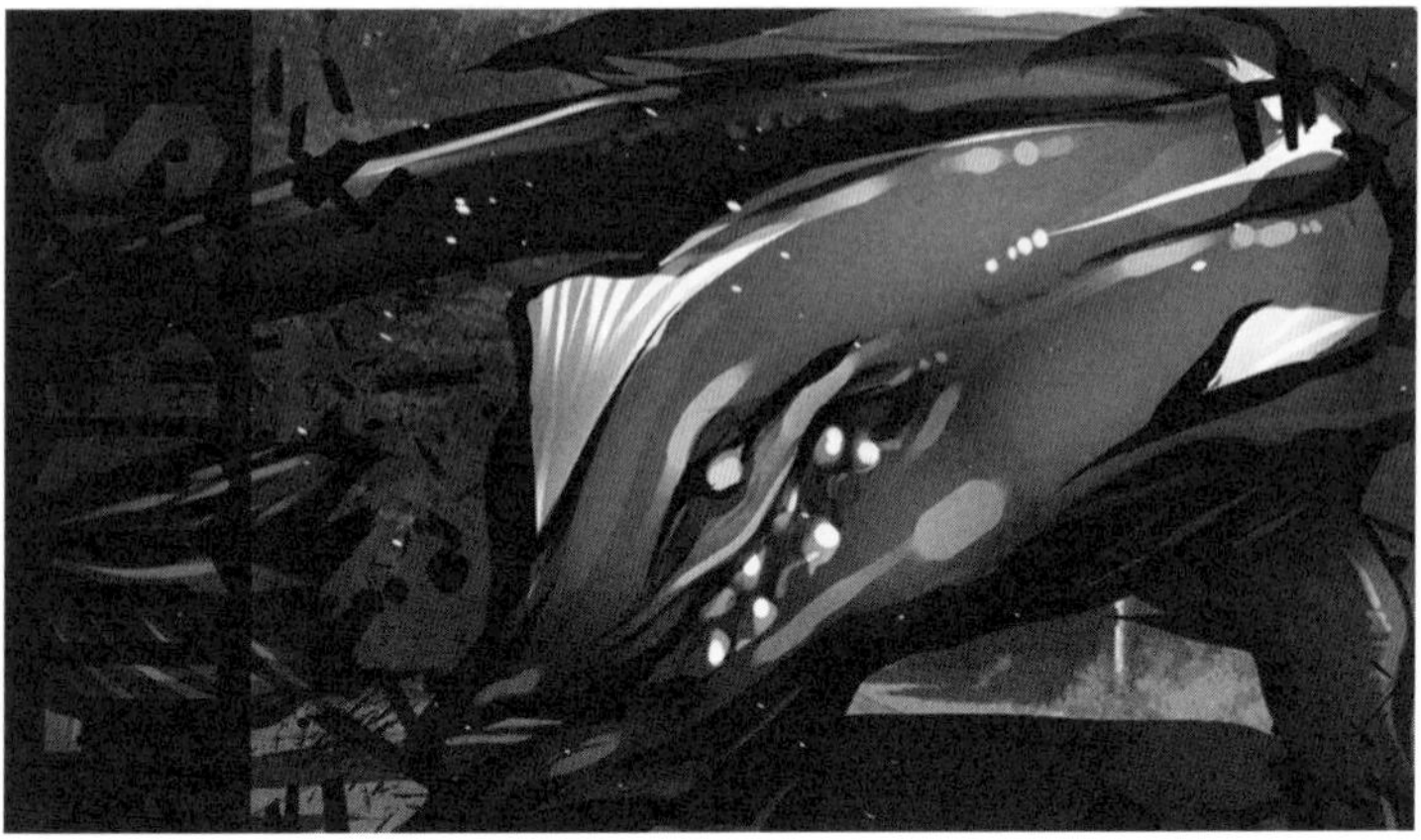

「何アレ？　訓練？」

問うと、牛子が笑顔でこちらの肩を一つ叩いた。直後に大声で、

「ワンダリングエンカウントォ――!!!!」

◇第一章

多摩テック。

大空洞範囲の南西側に位置する大規模遊戯施設は、そこに至る道路を装甲トラックの列で埋めていた。

装甲車から奏でられるのはＦＭ三音ＰＳＧ三音でビットチューンされた祝詞（のりと）だ。

電子のドラム音にトラックの術式装甲が反応し、ボクセル型の流体光をチップで散らしていく。

ドップラー効果で祝詞が乱れないよう、曲に速度加護を当てて響かせているが、その先頭は敷地（しきち）内に入れない。何故（なぜ）なら、

「ハア!?　駄竜の出現情報あったろうが!?　こっちに送った先遣隊が８ＢＩＴ三音の不確定ながら存在確定してんだぞ!?　それがどうして居ないの!?」

トラックの屋根上からの触手の声に、遊園地前、一人の少女が応じた。

黒髪。

小柄。

黒のロングセーラー姿の彼女は、小さな声で言う。

「――やるの？」

「え？」

「――やるのか、って」

●

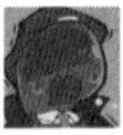
「……ちょっと待て！　そういう意味で話をしたんじゃない！」

「隊長！　代田(だいだ)ちゃん、コミュ障なんだからもっと優しく話し掛けないと駄目ですよ！」

「お前ハッキリもの言い過ぎ！　向こうが気を悪くしたらどーすんだ!?」

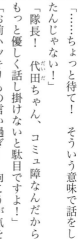

告げた言葉に、少女が小さく舌打ちした。

「……誰がコミュ障だクソ触手」

「エエエ!?　今の部下の発言、俺のせいなの!?　何ソレ!?」

『触夫(しょくお)さん、女の子の心を解らないと駄目ですよー？　**アハハ！**』

「お前も出てくるなァ――ッ！」

笑いに出て来た表示枠を、触手がサブ触手で叩(たた)き割(わ)る。

と、そこで部下が手を挙げた。

「隊長！　浅間神社から報告です！　駄竜の逃走経路が解りました！　水脈型地脈、市内配水脈を跳ねて北に突破した形跡があります！」

「――ここで実体化しなかったのか!?　しかも下流に行かず別流に!?」

『うん。代田ちゃんいるから、逃げたんですよね』

「――フフッ」

と鼻で笑う少女を見て、触手は一回息を吸った。深く吸った。

ややあってから、彼は部下に、

「俺、誰に怒ればいいと思う？」

「それよか追跡しません？」

「管内配水脈の内、駄竜の情報体が通過出来る処なんて、大体決まってるだろう」

「デカイ水場のある多摩川ですか？　あそこはうちの管轄ですよね？」

「そうだ。俺達が徹夜で張り直してる結界がある。だから駄竜は表に飛び出せない。

息が出来ないまま突き進んで、次の水場で無理にでも飛び出してくる」

場所は一つだ。

「――東京大空洞学院。

共用してる第一昭和記念公園は濠(ほり)持ちだ。

森の中に飛び出してくるぞ」

●

……竜!?

こちらが思うより先に、周囲が反応した。

「駄竜……！　水棲(すいせい)系!?」

まだ歩道にいた学生達が、急ぎ退避する。

森の中へ、だ。

だが自分は、出遅れた。

真っ正面。

否、自分達から見て、真後ろの直近だった。

『……!!』

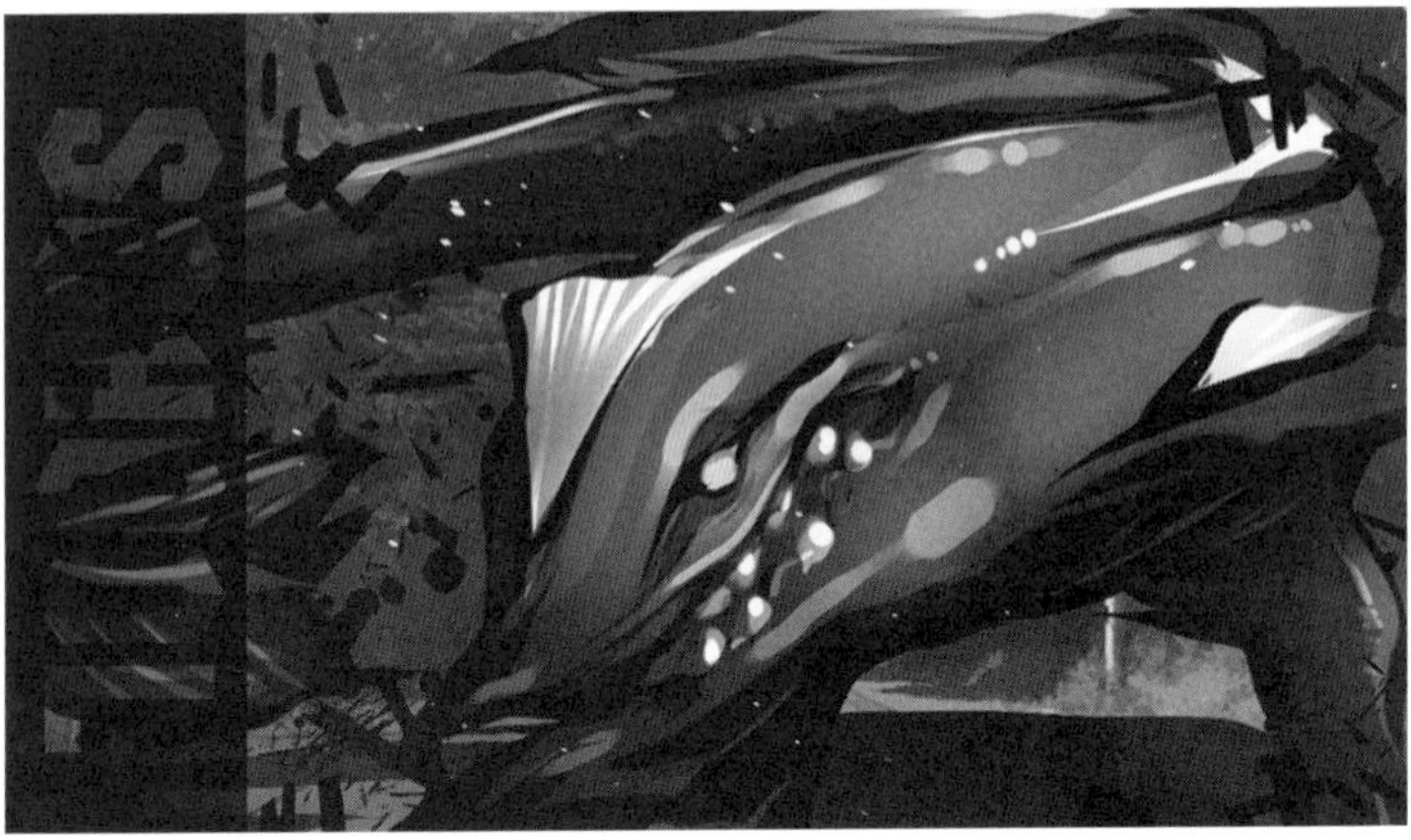

竜。
頭部高が二階屋くらいある。
どことなく、魚というか、そうは見えないが、

……そんな感じの動き。

泳ぐように這う。そして正面にいるこっちに向かって、

『……!!』

咆吼も何も無い。

ただ突っ込んで来る。

●

一瞬で距離を詰められる。

その突撃には敵意すら無い。

進行方向にこちらがいるという、それだけのこと。

何しろサイズ差がある。

向こうからすれば、こちらなど木枝程度の障害だろう。

踏みこまれる。

あっという間にこちらの間合いに前足が来て、

牙の生えた顎が振られて来て、

……撥ね上げられる……!?

どうする、という思考は散り散りだった。

●

何をする。

逃げる。しゃがむ。伏せる。飛びすさる。はたまた、ここは――。

●

「……ダークエルフの技……!」

《貴女、レベル1ですから発現してませんよ、そんなの》

「この画面、煽ってくるよ!!」

うわあ、と、ひどくスローモーションとなった視界の中。牙が来た。

一回死ぬ。

間違いない。

ええと、どうだっけ。この大空洞範囲。死んだときはどうなるんだっけ。
えーと。

「危ないですわよ！」

声と共に、視界の右端で火花が散った。
右から左へ。
そして、

『——!?』

竜が、勢いよく左へと吹っ飛んだ。

●

打撃だった。
掌底一発。
竜の顎先に右からぶち込んだのは、

「フンガー!!」

あ、その叫びは有りなんだ、と思うと同時に、
竜がバウンドしながら二回転。
だが地響き付きの息を捨て、三転目の動きをもって身構えた。
対するこちらは、右の手を振り抜いた彼女が、

「——スーパー張り手は一日一回！　逃げますわよ！」

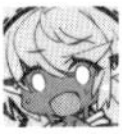

「完全同意！」

走ろう。
そう思って気付くのは、

……うわ！　腰が抜けてる……！

座り込んではいないが、〝落ちている〟。

走る前の初動がとれない。

その程度には姿勢が崩れた状態だ。

そんなこちらに対し、

「加速術式！」

「え!?　あっ、ええと……！」

《ほら　加速術式ですよ　ほら　早く》

「そこ！　煽らない！」

代わりに怒って下さって有り難う御座います。

とはいえ加速術式は知ってる。

川崎でもそれなりにトラブルに巻きこまれるときや、日常でも急ぐときがあり、使用していたのだ。

だがここは川崎ではない。

大空洞範囲という土地で、術式の使用には作法があり、それについてはこの二週間で訓練もしていたのだが、

「――っ」

トンだ。

頭の中が飽和して、どうすればいいか解らなくなる。

ただ今、思い付いたことと、こういうときに言えることは、

「――救けて!!」

●

「上出来ですわ!」

言葉と共に、長身の彼女が振り向いた。

速い。

長身のストライドで、しかしたった二歩で距離を詰めて来たのは、間違いなく加速術式だ。

術式展開の操作も準備も無く起動したのは、

……条件式のランチャー設定!

自分が、ここに来る前、二週間の訓練を経て、いずれやっておこうと思っていた用意。

そんな準備をしている者と、してない自分との差が、お互いの行動差となった。

あっという間にひっさらわれる。

「――御無礼」

肩に担がれると、彼女の息が解った。

吐いて縮んで、吸って伸びて、

「――っ!」

視界が跳ねた、と思った直後。

先程まで自分達のいた空間に、竜のショートチャージが入った。

だが外れた。

当たってない。

「余裕で回避ですわ！」

「……え、ええと」

「賞賛！」

「おめでとう御座います！」

「……ええと？」

間違ったらしい。

だが、駄竜の巨体の動作で風が起きていた。巨大な爪のブレーキングが、石畳の路面を爆ぜさせる。

道から溢れた巨体の挙動で、周囲の木々の幾らかが容易く折れた。

葉枝の折れ散る響きに、土の匂いが重なったと同時。

何処からかサイレンの音が届いてきた。

警察か何かの救けがこちらに来ているのだろう。

そして森の奥の方で、退避した生徒の幾らかが手を振った。

早く何処かに逃げ込めと。しかし、

「……森の中には入れませんわね。どう思います？」

「皆を巻き込むのは避けたいよ！」

「いい心意気ですわ！」

そうだ。

竜はこっちをマークしている。このまま森に入れば、先に退避した皆を巻き込むことになるだろう。では、

……どうする!?

救援のサイレンは近づいている。

だが、それと自分達の間には、竜が居る。

そしてこちらを担いだ牛子の動きは、サイレンに背を向けるもの。
つまり逃げねばならない。
その行き先は、

「図書館側ですわ！」
校舎じゃないの？　と思った瞬間。視界が変わった。
空だ。

●

「え？」
何が起きたのか。
解らない。
ただ結果として理解出来るのは、

……何かにハネ上げられた!?
これまで、森の中を行く道路が見えていたのに、今はいきなり空だ。
雨上がりの朝。
雲が平面に並ぶ空に、いつの間にか自分達は高く浮いていて、

「きゃ……！」
驚きの声が、背後、下の方に視線を振り向かせた。
地面側。
こちらを担ぐというより、もはや抱き上げる姿勢で宙に浮いた牛子の向こう。
自分達が立っていた道が眼下にある。
十メートルほど、下だ。
高い位置へとハネ上げられたのは、攻撃によるものではない。
浮かされただけのこと。
では何がそんなことをしたのか。原因が下に見えた。

……ドット絵!?
粗いボクセルで描かれた竜の尾が、地面から

生えていた。

●

竜の尾。

一メートル四方の立方体の集まりで描かれた、粗くボやけた解像度の形。

実体では無い。

《実体解像度が粗いですね》

上空からかろうじて形が判別出来るそれは、しかし竜の尻尾だと解る緑と形をしていた。

地面から生えるのはライトグリーンのテール。

一方の視界の中、離れた位置に見える竜の全身は、やはり腰から下が地面に沈んでいる。

尾の実体解像度だけが粗い。

竜と尾は、恐らく地中で繋がっている。ならば、

……地面を通して攻撃してきた!?

今更、この竜がどのような方法でここに出現したかを、理解した。
あれは、地上を移動して来たのではない。

「地脈の中を移動して、ここまで来たんですのね!?」

■地脈

《素人説明で失礼します
地脈とは　この世界の構成因子である流体の経路です
世界のありとあらゆる処に血管のように延びた地脈は　世界の全てに流体を供給しており
その流れの淀（よど）みや停滞によって怪異などが発生するとされています》

「ええと、じゃあ今回のは――」

《一部の上位存在や
情報化率の高いものは
地脈内を移動出来ることが解っています
今回は地脈の中の〝水の属性〟を通して
この竜が何処からかここまで来たと

そういう話なのですね》
つまり、

《タチケの中洞部装甲車はこちらに急行していますがあと三分は掛かるでしょう》

●

……どうする!?

聞こえてくるサイレン音はまだこちらに届かない。

一方で眼下の尾が地面に沈み、

『——!!』

全身を道路上に抜いた竜が、再びのショートチャージを掛けてきた。

こちらは二人共々、まだ空中。

竜の狙いは、尾で撥ね上げて、浮いた獲物に食らいつく事。

狩猟の一連動作だと、そう思った時だ。

「……っ!」

空中。これまでこちらを担いでいた彼女が、姿勢を変えた。

護(まも)る。

宙にありつつもこちらを抱き寄せ、竜に右の背を向ける。

それは竜の攻撃を食らう覚悟があると言うことであり、

「駄目だ……!」

●

視界の中。二つの動きが生じた。

一つは、落下する自分達の下方だ。

遥か背後から手前の竜へと、壁にも見える立体が大気を突き抜け飛んだこと。

もう一つは、その直撃を顔面に受けた竜が、激音と共に仰(の)け反(ぞ)ったことだった。

「……え!?　何!?　壁が飛んで来た!?」

その通りだ。
光で出来た〝壁〟だった。
大きさは一畳ほど。
当たった。

『……!?』

顔面直撃。
激突した壁は光として砕け、食らった衝撃を竜が全身で受けとめる。
その一方で、

「……っ！」

牛子に抱きかかえられた状態で、自分達は落下から着地。
落ちる。
一度石畳の上を転がって衝撃を緩和。

そのまま防御として再度抱き締めてくる彼女の肩越しに、己は見た。
牙の幾らかを砕かれた竜が、しかし細長い身体を縮めきってショックを吸収。
そのままこちらに来るのを、だ。

『……！』

諦めない。

『――!!』

巨大な一歩だった。
竜が、前に出るその動作で全身の姿勢をアジャスト。
続く二歩目で一気に前傾し、

……チャージか！

だがそこに、力が来た。
背後からの二発目。
しかしそれは、一発目のような〝壁〟ではない。

「……射撃!?」

破裂だった。

砲撃だと理解したのは、宙を水蒸気の尾が引いたからだった。

当たる。

破壊の力は、竜の右顎に着弾。

白の爆発と飛沫(しぶき)を上げて、獣の右顎が大きく削れる。

快音が響いた。

竜の切削から散る血は、全て流体光だ。

■流体

《素人説明で失礼します

流体とは　この世界の何もかもを構成する因子です

物体

運動

法則

私達なども全て流体が〝型〟を持つ事によって存在しています

本来ならばこれは構成物である私達には知覚出来ませんが

流体の動的

または静的変化が生じた際

光や熱として知覚出来ます》

「じゃあ、今のは――」

《あの竜がこの世界に現出したばかりで

流体性の揺らぎが高い状態であること

そこに与えられた攻撃が

流体にダメージ適用出来る加護有りであったため　竜の身体破損が実体性とは別で流体性を持ちました

結果として流体光が破砕痕として現出しています》

つまりこういうことだ。

《効いてます》

当たった。
効いた。
だけど自分の目には、まだそう見えない。

『……!!』

咆吼は、寧ろ勢いがついているようだ。
その証拠を見せるように、竜が勢いを止めない。改めてこちらに向かってくる。

「――怒ってますわね」

「寧ろ逆効果だった？」

いえ、と牛子の声が聞こえた瞬間だった。

「伏せてろ！」

背後からの鋭い呼び声に、己は今こそ後ろへと振り向いた。
守りに庇う牛子の肩越し。そちらに見える背

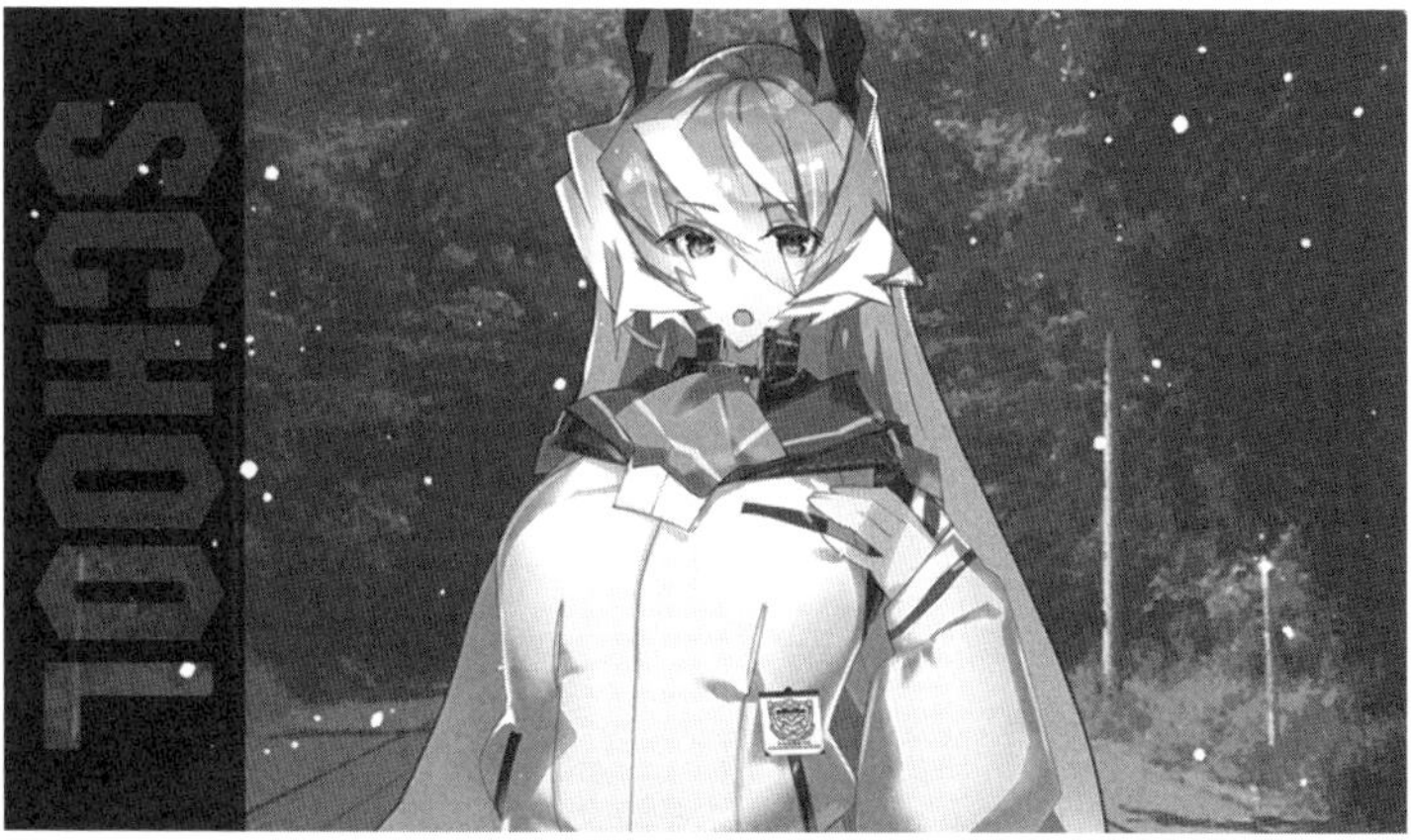

後へと、だ。
そこに、一つの姿が見えた。
自分達と距離を取りつつも、前に向けて砲のようなものを構えた女生徒が居る。

「――――」

膝立ちで、砲の二脚を立てた上で、力が放たれる。
砲撃だ。

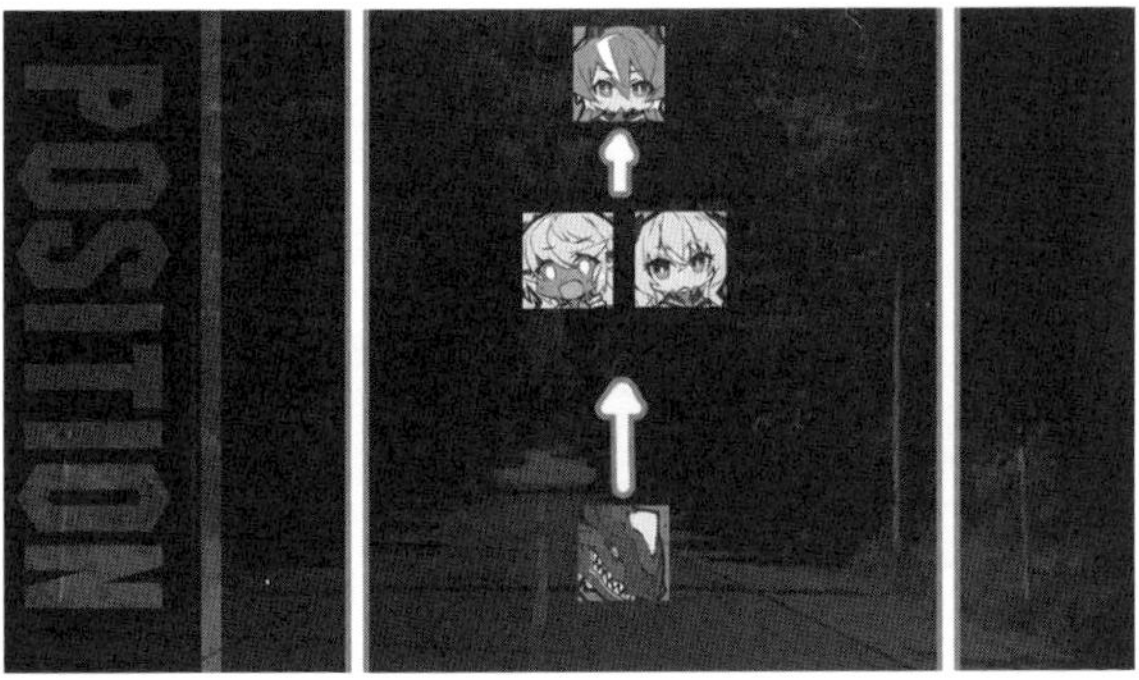

……うわ！

一発ではなかった。
砲撃。砲撃。砲撃。
長い青髪を揺らした砲撃主が、迷うこと無く連続の狙撃を叩(たた)き込んで行く。
こちらを守る牛子の腕に力が入るのは、自分達の直近を砲弾が飛んでいくからだ。
無論、目視できる速度では無い。
大気が焼ける匂いを初めて嗅いだ。
だがこれは、

……救援!?
学生による攻撃的救援。
総長連合、という言葉が思い付いたが、違う、とも思った。

■総長連合
《素人説明で失礼します
現在日本や一部他国では学生世代及びＯＢによる自治組織が作られており
それを総長連合と呼称しています
日本では重要な社会構成組織帯となっており
ここ東京大空洞範囲は東京大空洞総長連合の担当地域であり
総長は東京大空洞学院に所属しています》

「ええと、だったら後ろのガンナーは――」

《彼女は一般生徒です　まあ上位のランカーですが》
一般生徒という言葉ではなく、上位ランカーという言葉を己は察した。
見る。
各圏、各都市の学生自治機構である総長連合ならば、腕章などを付けるのが義務だ。
そうではない。
ならば彼女は誰だと、そう思った直後だった。
正面で強烈な気配が来た。
呼吸にも似た音で、しかし笛鳴りをつけているのは、

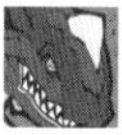

『――――』

「……竜砲の初動ですわ！」

●

言葉の通り、竜が顎を全開した。
ブレス型ではない。
爆圧タイプの竜砲を、爆圧咆吼(ばくあつほうこう)と呼ぶ。
それが放たれる瞬間。

「――！」

「動くな！」

返答としての頷きが、こちらの身体に伝わる。
同時に音が消え、大気が止まった。
その直後に、竜がこちらへと口を全開し、

『……!!』

咆吼。
重ねるタイミングで爆圧が来た。
直撃する。

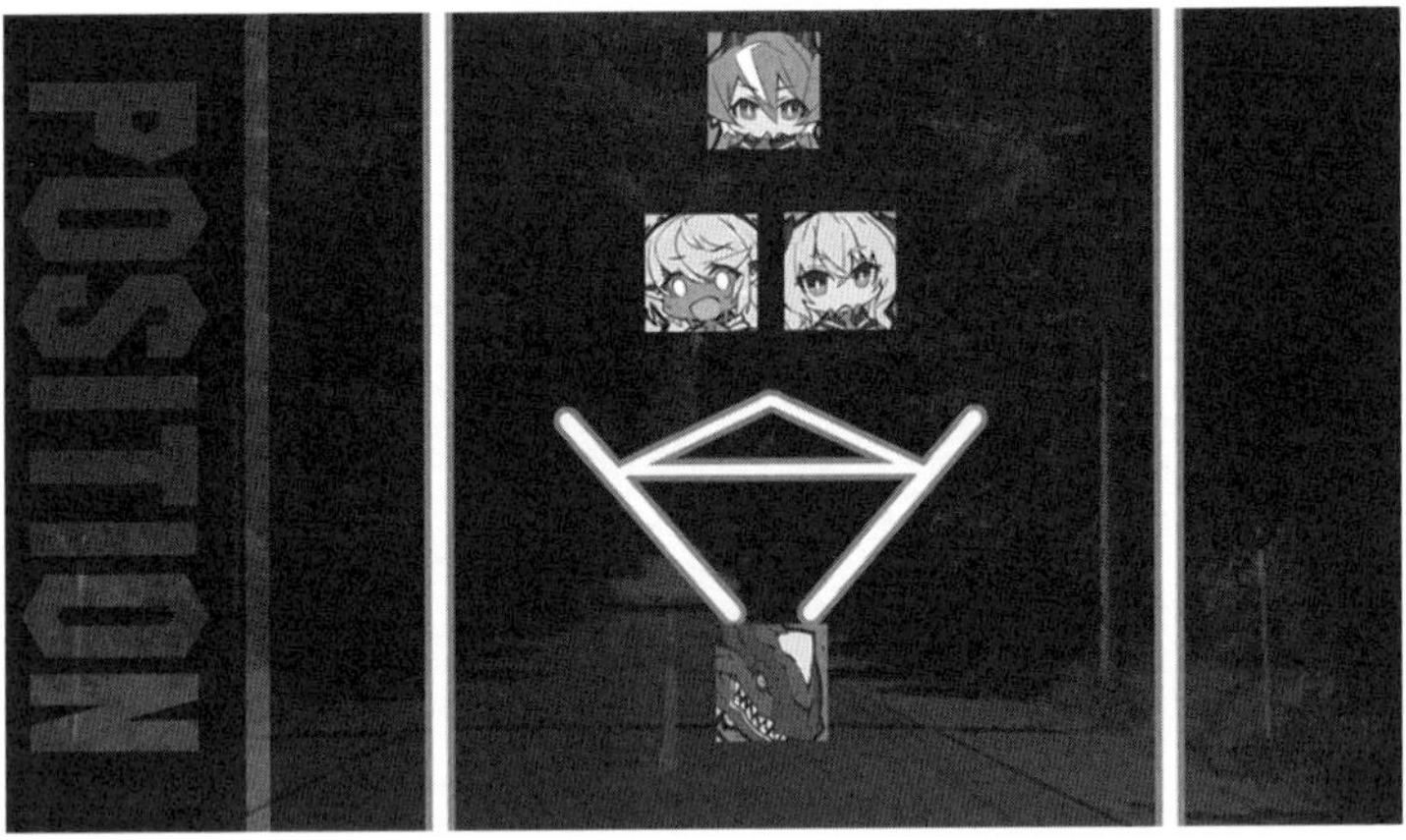

◇第二章 ●

己はそれを正面から見た。
竜の赤い喉奥とこちらの間。

『――――!!』

咆吼が音を越えた。
応じて石畳が抉(えぐ)れ、縁石が跳ね飛ぶ。
そして歩道が主道との継ぎ目から割れて浮く
が、

……うわ!?

避けることなど出来はしない。
つまり直撃だ。
食らうと理解した。その時だった。

「えっ、うわっ、うわっ、あっぷなーい！」

不意に横からやって来た女生徒が、前に手を翳(かざ)す。

竜砲が発されたタイミングだというのに、だ。

「危ない!!」

叫ぶ声が届くより早く、竜砲が着弾した。

●

結果は明確だった。

茶色の髪を揺らす女生徒。

「ウワー、ぎりっぎり」

こちらの前に立った姿には、金色に近い毛並の尻尾がある。

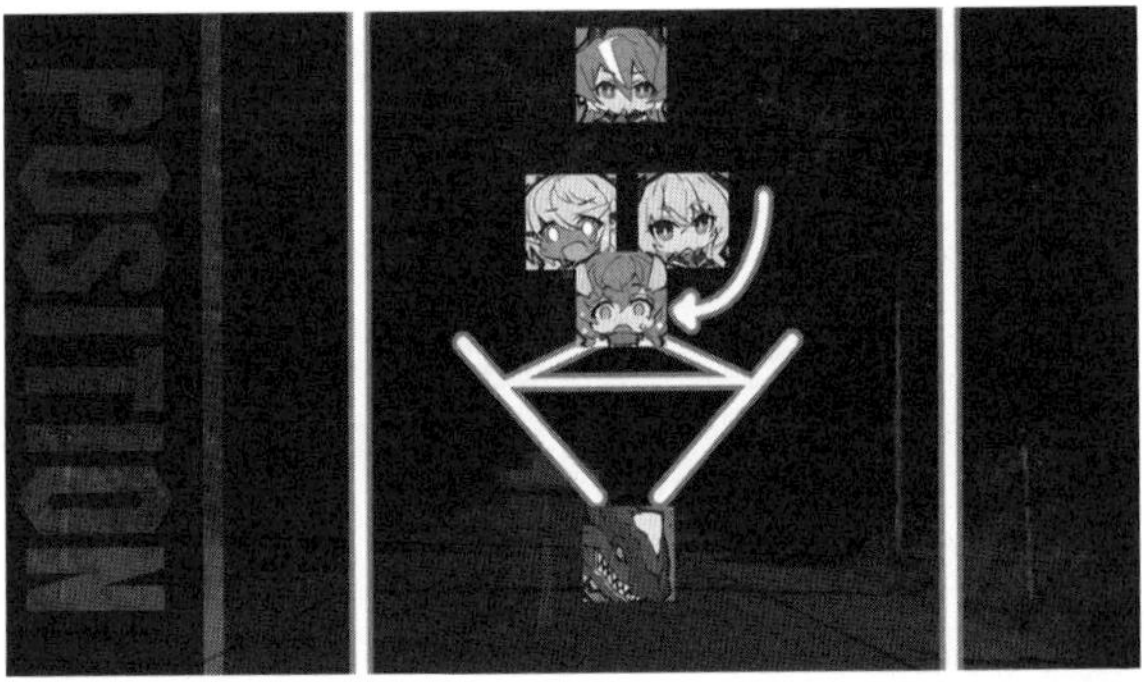

そして竜の爆圧咆吼が、明らかに彼女へとぶち込まれた。だが、

「……え？」

目の前の彼女は無傷だ。
その背後に居る自分達も、やはり傷一つ無い。

「……は？」
竜からこちら、飛んで来た爆圧咆吼の威力は、左右に抜けている。

「うん。よし」
と言う彼女が翳した手を分かれ目として、破壊が∧型の中州を作り上げているのだ。
それはこちらが護られたということであり、

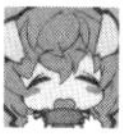

「はーい。オッケーだよー。行っちゃって行っちゃって」
と、気楽な言葉が生まれると同時。

「しょうがねえな……！」
不意に小柄な影が、こちらの脇から前に出た。

……次から次へと、誰!?

いつの間に来ていたのかも解らない、小柄な赤髪。

彼女は竜にまっすぐな視線を向けており、

「おうおう、人の家の玄関でやらかしてくれるなあ。

あたしの家じゃねえけどさ」

足取りは軽い。

ただただ、重さが無いような挙動。

彼女は背にしていた赤いランドセルを捨て、右の手に、自分の背丈ほどもあるロングケースを一回振り回す。

竜を怖(おそ)れず前に行く彼女は、しかし三歩目で疾走した。

走り出す。

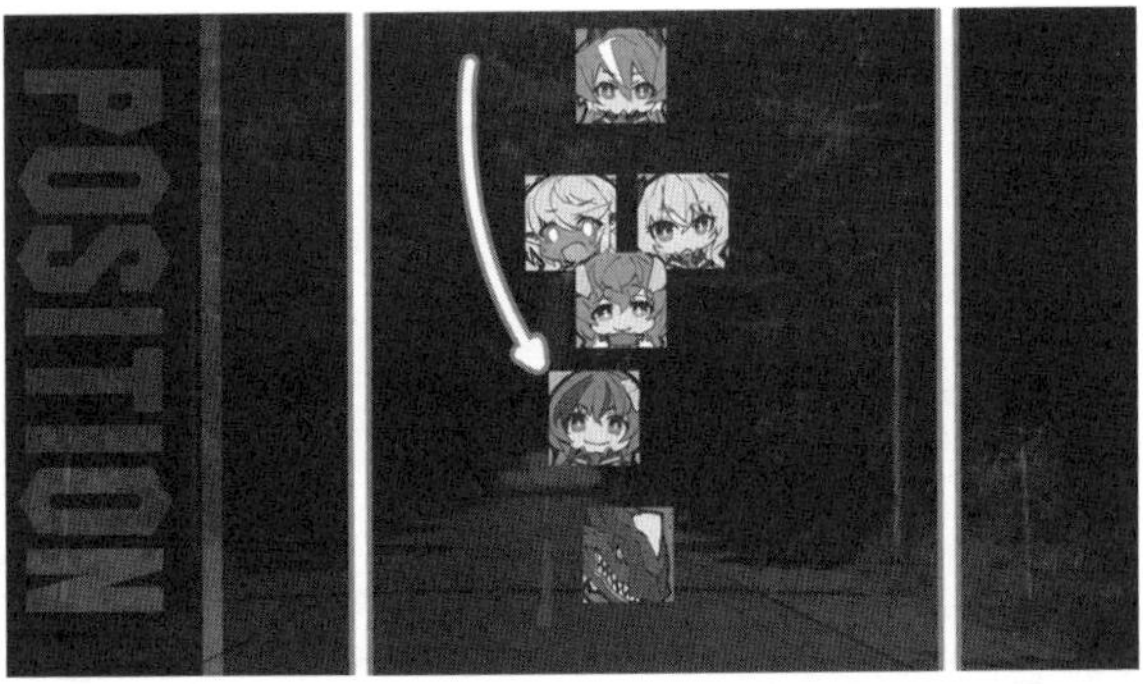

その直後に背後から、

「あ、コラ! 援護の射線入ってくるな馬鹿!!」

「ハア!?　合わせろよ!　お前主役か!?　お前の望む通りに世界が動いてんのか!?　そうじゃねえだろ!?　あたしが主役だろ!?」

「やかましい―――ッ!」

仲間割れしてるんですけど。

●

だが赤髪の彼女が前に出た。

敵に対して、背後からの狙撃を援護としつつ、無手の左手を翳した。

「ドアバッシュ!」

言葉と共に掌から発射されたのは光の〝壁〟だ。

二枚連続。

……あ。

見覚えがある。

先程カウンターで叩き付けた〝壁〟だった。

流体で出来たシールド。

見ればその形状は、取っ手などもついている。

あれは自分の記憶に拠れば、

……〝壁〟じゃなくて、トイレのドア!?

二枚が連続して激突した。

●

竜の鼻先で光が散り、威力が二重に当たった。

「どう!?」

叫んだ先。竜が一度半歩を引いた。だが、

『……!!』

竜が備えていた。

既にそれは食らっているのだ。

《堪えましたね》

その通りだ。

巨体は、飛来する壁に対し、受け止めなかった。
姿勢低く、カウンターとなるショートチャージを掛けて突き抜けたのだ。
敢えてダメージ前提として、二枚を砕いて距離を詰める。
抜いた。
光の壁を破って、竜の全身が破砕の流体光を浴びながらもこちらに来た。
来る。
そして己は気付いた。

……さっき前に出た彼女がいない!?

●

いない。
竜と自分達の間。
小柄な赤髪の姿が無い。
不在である。

……何処に!?

逃げたのか？　否、先ほどの竜の前身に巻き込まれたのか、それとも、

「上ですわ」

耳元で囁かれた言葉通りのものが、頭上に見えた。
上。
赤髪の姿が、軽く、宙高くに跳んでいる。

●

発射したドアバッシュ。
一枚目が破壊された瞬間。
二枚目に追いついて上縁を蹴り、赤髪の姿は跳んでいたのだ。

「——————!」

高い。

《いきなりの大跳躍は〝垂直の動き〟です
これまで前進という〝水平の動き〟から
ドア壁を遮蔽と囮にこの動きをとられたら
流石の竜とてついて行けません》

確かにそうだ。

こちらの視界の中、竜が、明らかに獲物を見失っていた。

こっちを見て、左右を見て、上を向こうとした瞬間。

「……！」

そこに砲撃が入った。

正面打ち。

壁を破壊した竜の、ショートチャージが止まった瞬間狙いだった。

届いたのは、先程と同じ砲撃と威力。

だが位置が違った。

本体直撃ではなく、突撃のために竜が低くしていた顎の下。

石畳に破裂光を反射させた威力は、明らかに竜の顎を撥ね上げた。

竜が仰け反る。

「上げたぞ！」

「え!?　上向けて、いいの？」

「うん。大丈夫。
あのタイプの竜は基本、常に前傾する身体構造なのね。
それが後ろに仰け反って立ち上がると、いつも体を支えてる筋肉が使えなくなって装甲が緩むし、背骨から鼻先まで縦一直線に詰まって通るでしょ？
そうなると、トップアタックからのダメージ逃がせなくなるんだよね」

《……そういうことです》

言いたいことを言われたらしい。

そして正面。

砲撃でかち上げられた牙と顎。

その上に落ちて来るのは、打撃の力だった。

赤髪の姿が、勢いを付けるように身を回し、落下する。

声が聞こえた。

「――さっきのコンボ見てたぞ？　尾で撥ね上げて、食らうんだよな!?　じゃあコレはどうだよ!?」

●

空中。

落ちる流れの中で、彼女の形が変わった。

……あれは――。

赤髪の少女が身に纏う白のセーラー服が、自動裁断からの再構築を行ったのだ。

制服が、自動で形を変える。

■タクティカルフォーム

《素人説明で失礼します

タクティカルフォームとは

構造などを〝逆読み〟の加護で逆転変形することで

本来の姿よりも防御性能などを上げる制服装備のことです

変形制服

と対外的には呼ばれていますが

言霊ベースの加護系装甲服の一種ですね》

視界の中、彼女の制服が〝別のもの〟へとなった。

黒が白に、白が黒と変わり、各部から防護や強化の術式陣を零しながら、ジャケット型の装甲服へと切り替わった。

変形する。

その姿は、右の手に武器を摑(つか)んでいた。
ロングケースから引き抜かれるのは、

「展開式のウォーハンマー」
それもピッケル型ではなく、玄翁(げんのう)型の打撃武器だ。
彼女はそれを振り上げ、明らかに空中で加速した。
下へ。
眼下へ。
そこに、顎を撥ね上げられた竜の顔面がある。
しかし竜がそこで行動した。
腹から喉を膨らませ、

「竜砲……!?」

「あれ？　頑張るねー」
直後に爆圧が放たれた。
直上。
術式で動力降下する赤髪の力に対し、威力が飛んだ。
直撃シークエンスだ。
だが、

「食っとけ!!」

●

……うわ。

こちらの視界の中。決着が行われた。
獲物を下から食らおうとした竜に対し、直上からの迎撃が敢行されたのだ。
完全無視のトップアタック。
それも打撃として、だ。
ウォーハンマーが全身で振り回され、赤髪の軌跡がそのまま速度となり、

「――!!」

打つ。
真下へと、刃物を押し切るようにして打力を貫徹。
それは、竜の放った爆圧を、明らかに物体として打撃した。
幾つもの術式表示枠が打撃境界に展開。
打ち抜く。
竜の咆吼を術式で〝物質化〟し、そして、

『――!!』

咆吼量が負けた。
竜へと打撃が徹ったのだ。

●

打撃面から流体光が水平に弾け、硝子を割るような音と共に貫通破壊。
次に突き抜けたのは、高鳴りの重連だった。

「貫通打撃……!」

真下方向。
ウォーハンマーの打撃は釘打ちに等しい。
竜の鼻先から背骨の全てを通し、一斉の骨と

牙が砕かれた。

竜砲を放ったのがいけなかった。

全身が硬直するため、ただでさえ詰まっていた骨格の関節部に遊びが無くなり、ダメージが直で通った。

竜を壊す衝撃が石畳を震わせ、軋んだ石材が逃げ出しながら高音を鳴らす。

鳴った。

そして貫徹の一撃が通った直後、それでも竜の咆吼が上がった。

足掻きだった。

生物として、駄種であっても最強種である矜持。

『……！』

しかしその叫びが、途中で弾けた。

保たなかったのだ。

赤髪の少女が巨大なハンマーを振り抜き、身体ごと一回転。

竜の巨大な顎は既に完砕され、逃せぬ衝撃として全身が地面に打ち付けられる。

そして少女が着地と同時に叫んだ。

「終わっとけ!!」

終わりだ。

「────」

見ているこちらとしては、言葉もない。

……何が何やら……。

スローライフ？　何ですソレ？

ただ道路が割れ、崩れながら倒れた竜の巨体が、反動によって、ただただ重さのあるものとして跳ね上がる。

直後。

「ハイ、危ないですよー」

こちらの傍らに立った彼女が、こちらよりも周囲に声を掛ける。
　気付けば、森のあちらこちらに、退避した学生達の姿が見えていた。
　多くは安堵し、幾らかは彼女達に手を挙げ、挨拶している。
　顔見知りがいるのか。
　だからだろうか、犬尻尾の彼女が、皆に手を振り返しつつ、右手を払った。

「——さて」

　道路に展開するのは防護障壁。
　鳥居型でも十字型でもない。
　魔術だ。
　それが、動かなくなった竜を大きく囲むように展開した瞬間。
　竜を破壊した赤髪の少女が、こちらに振り向いた。
　そして、

「——おい、ズラかるぞ！」

　直後。竜が爆発した。

●

　走り出すとき、牛子は自分のガードからダークエルフを解放した。
　焦り、急いで走り出す彼女に、同じようにしながら、自分はふと問うていた。

「どうですの？」

「え、何が!?」

「——一晩で全て変わった結果が、これですのよ？」

　言うと、彼女が天を仰いだ。ややあってから、

「ちょっと変わりすぎじゃないかな……？」

　苦笑して、彼女の背を押して走る。小さな声で、

「貴女のこれからに幸いあれ」

聞こえなかったろう。

それでいい。

自分が願う幸いなど、小さいと思えるくらいに、〝ここ〟は賑(にぎ)やかなのだから。

●

立川警察(タチケ)・中央大空洞範囲部は、大空洞範囲の治安を護るための実働部隊である。

今朝は駄竜の現出によって本隊が多摩テックへと向かったが、控えていた予備隊はだからこそ東京大空洞学院に急行した。

駄竜の反応はある。

既に出現していて、学院側には迎撃ではなく防護と保持を要請している。

これは、大空洞範囲表層部の治安は主に自分達の役目であるという矜持もだが、

『学生連中に好きにさせたら面倒な事になるんだよ……！』

『東空OGの私からすると、今の子達が何やるか期待ですけどねー』

という上役達の通神を余所(よそ)に、皆はやや遅れ気味に現場に入った。
だが、正門通りに突入した自分達を迎えたものは、

『――防護状態確保……！』

爆発だ。

不確定存在の余地を残し、しかし完全実体化していない大物が消滅するとき、幾つかのパターンがある。

流体爆発は、その内でかなり駄目なケースだ。力任せに対象を破壊したとき、そのショックで爆発する。

それが正面、正門通りで発生した。

爆砕に対し、装甲トラックの表面にある紋章群が発光。

PSG三音の祝詞をつけて防護障壁が展開したと同時。

正面から突き抜けてきたのは森の木々を揺らさぬ大風と流体光の爆圧だ。

『……竜の終わりか！』

　爆発の風が、竜の咆吼に聞こえたのは、錯覚だろうか。

　ただそれらの光と風が抜けた後。

　自分達の前に残っているのは、大きく破損した石畳の正門通りと、

『――隊長！　駄竜の反応消滅！　既に討伐されています！』

その声に、己は頷かない。
「違えよ！　勝手に消えたんだよ！　勝手に！
——そういうことになるんだ！」
全く。

「——エンゼルステアに新人追加だ！
大空洞範囲が、また騒がしくなっちまう！」

●

クッソ、と触夫は多摩テックの前、装甲車の上で呟(つぶや)いた。

……学生は出るな、って要請したのにな……！
やられた。
これでまた、中洞部は〝チョイと役に立たないお巡りさん〟だ。
まあ平和で済んだならそれでいいんですけどォー。

「じゃあまあ、撤収！　帰投したら朝飯だ！」
言う声に、部員達から小さな笑いが漏れる。
失笑ではない。
まあいつもの事。
これで良かったという安堵を含んだ苦笑だ。
そして、

「——ハナコだ」

◇これからの話

「……さて、私達だが、東京大空洞のＲＴＡを行うユニットの一つ〝エンゼルステア〟の面々だ」

「さあ、新入りのダークエルフにはバニラで大空洞ＲＴＡに参加して貰うぞ？　ワイバーン討伐だ！」

「次回、〝とりあえず一回死んでみよっか？〟編
　不穏なタイトルだけど大丈夫？　まあ派手に行こっか！」

大丈夫大丈夫
痛くないからね?
あ　でも　気を付けて
馬鹿は死んでも治らないから

START
▼002
『とりあえず一回
死んでみよっか？』編
「出撃シークエンスでは
死なないですよね！？」

◇これまでの話

「前回、ダークエルフにＴＳした自分は、東京大空洞学院に転校。
　東京大空洞を巡るスローライフの筈が……」

「乱入した水駄竜の襲撃で大ピンチ！　そこを私達、三年生組が駆けつけて物理解決となったのね。
　では今回の話は……」

「私達と大空洞ＲＴＡに参加。ボスワイバーンの討伐に行こう
　まずは、皆大好き出撃のシークエンスだな！」

◇序章

ダークエルフとしては、朝からいろいろありすぎないだろうか。

……確かに、地元での激変が面倒になってここに来ること選んだけどさあ。

生活を変えるにしても、限度があろう。

ともあれ竜の爆発からは保護された。

そして手を引かれて導かれた先は、東京大空洞学院の脇。

森の向こうに見える白い校舎と、何処かを結ぶ通路の途中入り口だ。

「これは……」

白い通路。

しかし所々に、灼（や）けた跡や、数メートル続く

切削がある。
　何だろうかと思っていると、

「おい、こっちだ。
校舎にはまだ早え。
やることがあるからな」
と、通路を先導してくれたのは、こちらを護ってくれた長身の彼女、牛子と、三年生と思われる三人。

　竜を倒した赤髪の少女。

　竜の爆発から防護して、後に治療術式も掛けてくれた人。

　どうも砲撃を後ろから放っていたらしい人。
　彼女達に連れて行かれた場所は、図書館らしき処だった。

●

図書館内。
本棚に囲まれた広い空間。
その入り口で、先行する三人に対し、隣の牛子が軽く手を挙げる。

「……これからどうなるか。大体予想はついてますけど、私の方、総長達に報告に行って来ますわね」

「おお、頼む。第三特務の〝均衡点〟がいるなら、ソイツに報告しとけば大体足りるから、まずそうしとけ」
ええ、と言った彼女が、こちらに会釈した。

「――大丈夫ですわ。何もかも、裏切ることはありませんから」

「え!?　あ、うん……」
その返答が正しかったのかどうか。
解らないままに手を軽く振られ、立ち去られる。
行ってしまう。
漸(ようや)くながらに、周囲の本棚との比較で、彼女の背の高さを知る。
そして赤髪の少女が、自分の後ろを指差した。
背後。
遠くにあるのは、別部屋に通じているであろう大扉だ。

「ま、……大体、どういうことか解ってんな？」

●

己は、問いかけの意味を理解した。
ゆえに手を挙げる。
モーションコントロールで展開する表示枠にあるのは、

「――東京大空洞学院所属、学生ナンバー010103　〝ダークエルフ〟は、5月15日、午前八時五十分までに当校図書館に入ること」

「ハプニングあったから、ちょっと遅れちゃったね」

という彼女は、頭の横の毛並溢れる耳を揺らす。

茶色の髪と同色で、これもまた毛並のいい尻尾が見えているあたり、犬系の憑現者だろう。

彼女は図書館のカウンターにいる学生達と、表示枠を介して遣(や)り取(と)りを開始。

それに応じて、司書役の指示が入り、図書館の〝中〟が動き始めた。

「書架情報制御、ＲＴＡ対応に変更……！」
はい、という多重の声と共に、学生達が本棚の移動と組み替えを開始する。

「……？　何が始まったんです？」

「あ？　ああ、後で解るけど、書架式で、環境系の大規模術式を発動させてんだよ」

「大規模術式？　本棚の移動が、ですか？」

■書架式制御情報術式

《素人説明で失礼します
書架式制御情報術式　通称〝書架式〟とは
本の一冊一冊を言霊的な術式コードとして扱い
それを詰める本棚を術式プログラムリスト
本棚を並べた書架全体をプロダクトとするものです
構築は難しく　不具合も多いですが
全てが完了したときは強力な術式が発生します
用途は主に大規模結界など
広範囲　長期継続のものが多いですね》

「昭和の伝詞ブロック遊びですよ。言霊性の強い大空洞範囲ならではの術式ですね、新人君」
何か自分のことが知られているらしい。

……ダークエルフってのが、レアだもんなあ。
と思っている間に、砲撃役だった青髪の女生

徒がこちらの前に立つ。

「ちょっとじっとしてな？」

と、彼女は黒の表示枠を術式仕様で手元に展開。

こちらの頭から肩、胸や腹などを照らすように表示枠で確認していく。

《問題は無いと思いますが？》

「オっ……？　チュートリアル中か」

と言う彼女も、耳あり尻尾有り、だ。

だが耳の形が鋭く、尻尾は膨らんでいる。形的には狐のようだが、

……黒系の狐って、いたかな。

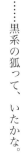

よく解らん。と、そんなことを考えていると、黒狐の彼女が顔を上げた。

その視線は、しかし赤髪の方に向いており、

「――異常無し。流体爆発の影響も無いな。危険物の持ち込みも無し」

「こっちも通ったよー」

「え？　え？　どういう？」

あのなあ、と赤髪の彼女が言った。

「お前、ここに何しに来たか、解ってるよな？」

●

何をしに来たか。

己は、その回答を述べた。それはもう、朝からのことで、

「――ええと、この図書館に、朝八時に来て――」

「馬ァ鹿。そうじゃねえ。実質を言えよ」

あ、と己は気付いた。

成程。

もはや前置きではなく本論。
故に自分は手を振る。
新しい表示枠を射出する。
1枚。
だがさっきとは内容が違う。
画面に出ているのは一般用途の通神帯(ネット)ブラウザ。

……ええと、コレから学校関係のメール画面を出すのはどうやるんだっけ……。

■表示枠

《私自身のことなので注釈しますが
表示枠システムは世界中に普及していて
各国
各都市
などの環境に合わせて扱いに変化が生じます》

ARTIFACT
■表示枠
空中に表示される通神帯ブラウザコンソール。
通話やブラウジング、術式や加護の展開など行える。
大空洞範囲では浅間神社の提供するものが主である。

《ここ大空洞範囲下では
大枠は貴女の地元
川崎同様に日本の平均的操作処理と同じですが——》

「――何か一回、神社とか学校通すんですよね」

「お？　意外と勉強してんな？」

「いやフツー入る前に習ってるって」

「ウワー、すみません。よく解ってないです」

《すみません
私の方でも統計的にしか
〝当地の作法〟が解っていないので
貴女(あなた)達が使用している
〝大空洞範囲〟に適した操作系
の設定を
彼女にコピー　御願(おねが)い出来ますか》

というこちらの惨状を見た犬系の彼女が、小さく笑った。
カウンター側で行っていた追加の遣り取りを切り上げ、こちらに来る。

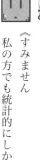

「後でモーコンの設定、教えてあげる」

●

モーコンの設定。
言われている意味は解る。

「モータルコンバットのボタン設定だよな!!」

「そうじゃなくて表示枠のモーションコントロール設定ですよね！」

「うんうん。
表示枠一枚出すのにモーションコントロール一回だと、まとめて複数枚出すのが面倒だよね」
だから、

「ちょっと表示枠権限、いい？　個人情報や私的設定の部分は保護状態で、学校関係部分だけ確認したいから」

「アッハイ！　どうぞ！」

《開示範囲を　公共権限から　限定的管理者権限にまで　変更します》

『うん。じゃあ設定コピろっか。
――桜（さくら）？
聞いてるよね？』

どうするのかな、と思った。
すると表示枠に、外部からの通神が入って、

『ハイハイハイ！　大空洞浅間神社の表示枠を御利用頂き有り難う御座います！
設定の変更オッケーでえす』

言われるなり、自分の周囲に光が咲いた。
無数の表示枠が、その内容を系統立って重ねながら、一気に展開したのだ。

「ハイ、オッケ」

●

「うわ、三桁単位の表示枠一斉展開!?」

川崎時代でも、こんな無茶をやったことはない。
多く開けば閉じるのが面倒。
一括操作の設定をしようにも、こんな量を一斉展開することが希なのだ。
……表示枠のクラッシュトラップを食らったときくらいだよな……。

ゆえにそれをこなす技術と見映えに、己は引いた。
そんな内心を知らずか、犬系の先輩が幾つかの表示枠を抜き取る。
即座に全ての表示枠を消去しながら、

「んー。
ハナコさん、コレ、あとコレも、見ておいて。
振りだけでいいから」

「お前、よくそういうの解るなあ……」

言いつつ受け取った赤髪の彼女。
ハナコと呼ばれた三年生が、画面に目を通す。

「――えーと、何だ？」

「うん。〝本日より――〟読めるかなー？」

「そのくらい読めるっつーの！　ナメんな！」

「いやオマエ、常用漢字とかかなり怪しい時あるぞ……」
ハイハイハイ、と赤髪の彼女が口を横に開いて言う。
そして、こちらに対し、

「本日より、東京大空洞調査隊――〝エンゼルステア〟に、お前を編入する」
いいか。

「まあそういう予定でここ来たんだろうが、とりあえず総長の〝銀河〟の指示だ。
アイツ、クソ面倒だから観念しといてくれ。
つまりお前は今日から〝エンゼルステア〟の一員」

「アッハイ。というか、エンゼルステアって……」

■エンゼルステア
《素人説明で失礼します
エンゼルステアは大空洞範囲におけるユニットの一つでスポンサーは西立川商店街
発足一年ほどで実力ある三年生と新人中心の二年生が主体
一年生がややアンバランスで中堅中位といった位置づけです
リーダーはハナコ
サブリーダーが白魔（しろま）となっております》

「おうおう、言うなあ、チュートリアル。結構情報持ってんだな。
まあいいや、あたしがハナコ、ちょっと敬っとくといいぞ？」

●

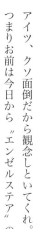

いいか、とハナコは、新入りとなるダークエルフに手招きした。
向こう、カウンターの方で図書委員達が頭を下げるのに手を振って返し、

「今日、あたし達は、これから大空洞1FのRTAを行う。

お前も一緒な？

そのとき、お前にミッションとは別でノルマを二つやっから、お前は、それをあたし達と一緒にクリアする。

それがまあ、出来れば今日のお前のすることな？」

と、歩いて行く先は、奥の大扉だ。

背後、ダークエルフはちゃんと付いてきていて、他の二人も装備のケースを担いで付いてきている。

大扉の前、そこで自分は足を止めた。

「お前は？　あ、呼称な」

■呼称（人名ルール）

《素人説明で失礼します
大空洞範囲では誰も彼もが憑現化しますが
この時　それまでの名前を保持しようとすると
〝違うもの〟
になり　それまでの記憶が隠蔽されていきます
その解除と拒否のため
真の名前は秘匿したまま
仮の名前
つまり憑現先の名称を〝自分の今の名前〟とすることを推奨しています》

「中間域での座学で解ってるよな？　だからお前は――」

「え？　あ、ダークエルフです」

よし、と己は頷いた。

「この大空洞範囲では、存在に乗せられただけの名前は役に立たない。

親から与えられた名前は無しだ。

本質から生まれる名前だけが存在を許される」

「だからそれを二週間講習で習ってんだろ？」

「アッハイ」

「そこは〝いえまだです〟だろうがよ！」

ダークエルフが、どう反応したものかと狐の方を見る。

すると狐がこちらを指差し、

「あんまし気にすんな。一応リーダーだからパワハラ臭いけど、ただ単にコイツ馬鹿なだけだから。
——言葉知らん」

「こ、この野郎……！」

「ハナコさん、それよか、ほら、ほらっ」

犬が自分と相方を何度も手で示す。

ハフハフやってる犬と変わらんな……、としみじみ思うが、まあ何を要求されているかは解る。

「さっき言ったように、あたしがエンゼルステアのリーダー、ハナコな？」

そして、

「そっちの尻尾振ってるのが〝白魔(しろま)〟、そっちの口が悪いのが〝黒魔(くろま)〟。三年生だ」

「わあい。ダークエルフさん、後輩ですねー」

嬉しいもんなんか。

そうなんか。

こっちとしてはまあ、戦力増えた一方で、総長に押しつけられた感もあるが、しかし、

「……ダークエルフって、チョイ、長くね？」

……始まったな……。

と黒魔は思った。

突発的に生じたハナコの言動に対し、後輩の困惑が何となく伝わってくる。

「ええと、……長いって、どういう？」
ああ、と己は応じた。
ハナコをまた指さし、

「コイツ、アタオカファンタジーの住人だから、名前が三文字以上あると憶(おぼ)えられないんだよ」

「ねえよ！　何処の８ＢＩＴゲームだよ!?」

「ハナコさん？　８ＢＩＴゲームのＲＰＧだと大体名前四文字だから、ハナコさんそれ未満よ？　頑張って！」

《そうですね　頑張って下さい》

「う、うるせえな！　単に行動中、長いと支障があるじゃねえかって、そういう話だよ馬鹿！」
いろいろやかましい存在だが、まあ一理はある。

「どーすんだ？」
アー、とハナコが額に手を当てて思案した。
白魔がわざとらしく時計表示の表示枠を出して計測を始めるが、

「じゃあ、ダークエルフだから、略称でＤＥ子(デコ)でいいだろ」

「凄(すご)ーい！　たった五秒で決めるとか、ハナコさん、流石ね！」

「おお、もっと褒めとけ！」
褒めてはいないよな……、と思ったが、言わないことにした。
相方はたまに京都系の喋(しゃべ)りをすることがあって、まあそこも〝味〟だな、とは感じる。
だが、

「……あの、さっき、上からつけたような名前は無効とか言いましたけど、今のそれは有りなんです？」

「私がフォローするのもなんだが、コードネームみたいなもんだ。
私達がお前に術式掛けるときとかは、ダークエルフ名義でバッチ組んでおくから安心しとく

ファン学!!

といい」

「安心しとけー？」

無茶苦茶安心出来ない。

そのあたりには信頼感のあるリーダーだ。

ただ、

「自己紹介。このくらいで？」

「いやいやいや、お前、戦種とか」

「あたしは近接武術士。タンク兼アタッカーな」

「私は全方位魔術士。ヴァイスヘクセン」

「私も全方位魔術士。シュヴァルツヘクセン」

DE子の周囲に画面が出て、情報を教える。

公開設定はどのくらいにしてたかな……、と今更思う。

プライバシーとかいろいろあるから、ちょっとは気になる。

だが、向こうの情報も開示されて、

■DE子

《素人説明で失礼します

DE子は鉄鋼都市・川崎からの単独移住者で

ダークエルフ

の憑現者です

東京大空洞学院一年椿組

戦種はNOWORK

所属ユニットはエンゼルステアです》

●

「ええと、一応は工科系目指してます。そんな感じで御願いします？」

自分が頭を下げると、わあ、と食い気味に白魔先輩が言った。

「鍵開け出来る!?　いつつも私の術式頼りだったから、これからは楽させて！」

「おいおい、レベル1だろ多分。レベル低いから〝御気持ち〟はあってもスキルねえぞ。
　うちはケッコー偏ってんだから、気をつけねえと」

「そうなんです？」
　ああ、と黒魔先輩がハナコを指さした。

「近接武術系がコイツ入れて四人。術式系が私と白魔。
　他、特殊系術者が二人と、バックアップと、マジホンの特殊系が二人ずつ。
　流動的な部分や外部委託もあるけど、現状は計十二人。
　それらが調査隊ユニットとしてのエンゼルステア、お前が入って十三人だ」

■調査隊

《素人説明で失礼します
　調査隊とはユニットの登録区分の一つです
　ユニットは非登録でも組めますが
　公的機関に登録しておくと
　その区分によってサービスが受けられます
　調査隊は主に　大空洞・中空洞・小空洞　の攻略を　主任務とした区分ですね
　アタックユニットと言われることもあります》

「あれ？　じゃあさっき最後に駆けつけてきた立川警察の人達は……」

《公的組織は公的組織のルールで動くのが通常ですが　大空洞範囲側のルールで動く場合はそのルールが適用されます
　彼らは〝公的警備隊ユニット〟という区分ですね》

「まあ大体は調査隊だ。私達のはその中でも、日が浅い方だな」

「うちは解りやすいのとクセが強いのしかいないのよねー……。DE子さん素直に育ってくれると本気で嬉しいわー」
　よくは解らないが、とりあえず頷いておく。
　するとハナコと呼ばれている先輩が、こちらの前に来た。

「おいDE子。ダークエルフだよな」

「あ、ハイ。ダークエルフです」

応じるなり、いきなり制服の前側を臍(へそ)下まで開けられた。

●

「ウワーーーッ！　ちょっと、何!?」

「ダークエルフって言ったら、フツー、お色気ポイーンとか、そういうのだろ。ここは〝見た目〟がスゲエ重要な土地なんだから、らしくしとけ。

　つーか、ちゃんと下にガッコ指定のセパレート着てんな？　オッケオッケ」

「……私、どういう顔してる？」

「またやったか、って顔？」

　というか、ハナコがこちらの腹を見る。

「？　何だよ臍の絆創膏。臍ピでも開けてんの？」

「いや、これは昨夜、蚊に刺されて……」

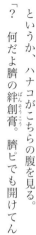

「アー、最近暖かくなってきたから、出るよね……！」

　ハナコがこちらに背を向けたのは、笑いを堪えるためだろうか。

●

「アー、朝からキツい笑いは堪らんな！　白魔、コイツの制服、タクティカルフォームへの自動化処理掛けとけ」

「イジってないみたいだからスタンダードで大丈夫よ？　前開けたくらいだと大きな変化じゃないし」

　そっか、と言って、ハナコが大扉に手を掛けた。

「久し振りに正面から挨拶だ。――行くぞ」

●

　DE子はそれを見た。

　図書館奥の大扉。

重厚な黒檀(こくたん)の二枚を開けて通じた向こうは、
『さあ本日の第一突入イベントシークエンス！
ゆえあってエンゼルステア単体だ！
総長直々に組み込んだ新人の御披露目(おひろめ)突入！
さてタイムアタックはどうなるかな!?』
そこに、巨大なアリーナがあった。

◇第一章

半地下だ。

視界の届くところ、開放された屋根が有る。

その下、左手側にある階層型のアリーナは、巨大なフロア型の他、幾つかの競技場らしきものが三つほど。

そして右手側には階層型の客席が有り、

「……！」

ざわめきがあった。

しかし聞こえるのは、期待や、応援ではない。

誰も彼も、隣に座る者達や、表示枠を相手に、こちらをちらちら見ながら言葉を交わしている。

それはまるで、

「――見定めようって、そういう空気だな」

「ま。今年度入ってから三年組が揃(そろ)うの初めてだし、――新人さんもいるもんね」
そしてハナコが、呆然(ぼうぜん)としているこちらに振り向いた。

「――ようこそ東京大空洞範囲、って感じだな」

「ええと、これは――」

■東京大空洞学院アリーナ

■TDSA(東京大空洞学院アリーナ)
東京大空洞直上にある 突入口兼大型アリーナ。
手前が図書館入り口　奥に突入口と実況解説フロア。
左は階層型複合アリーナ　右が階層型観客席。

《素人説明で失礼します
東京大空洞学院アリーナは　大空洞直上に設けられた大型アリーナ施設です
大空洞アタックやランキング戦の実況中継も盛んで
大空洞攻略事業の中心と言えるでしょう》

「どうだ？」

入り口に立ったままのハナコが手を上げると、一斉の音が周囲の階段客席から響いた。

ブーイングだ。

「うっわ、人気無い……」

「構うなよ。どいつもこいつも競合者どもだ。他の調査隊の内、主に学生の連中だな」

解るか？

「この大空洞範囲に住んで、攻略に取りかかったならば、それはもう、こういう祭に参加することになったって、そういうことなんだ」

「いいか？　これからお前は、あたし達や、仲間達と、大空洞範囲の攻略で生きていく。

逃げ出さない限り、どういう手段や関わり方になるかは解らないが、それがお前の人生ってヤツだ。

レール無し。

フィールド有り。

そういうことだ。

つまりお前は、これからずっと、今より入る大空洞や中小の空洞内の攻略作業をしたり、ここにいる連中と対戦繰り返して、終わりの無い祭を、果てるまでずっと続けていく事になる」

●

聞こえた言葉。

……ずっと続けて行く？
しばらく、聞いたことのない概念だった。
何故なら、自分は、以前の自分ではなくなってしまったから。
一晩で進路も人付き合いも変わってしまったのだ。

ずっと続くと思っていたものを多く失った。

手元に残っていたものも全て、以前の自分があったから。

その程度のものでしかなく——

「——お前、何でここに来たんだ？」
問われた。

●

「え？　そりゃあ、……憑現化で、ちょっと変わりすぎてしまって」

「馬ァ鹿。

入管の書類に書くようなこと言ってんじゃねえよ。

周囲との差とか変化とか、どうでもいい。

大体、ダークエルフになったとしても、地元でそれなりに〝合わせられる〟ものだってあったろ。

それがここに来たら、ゼロからのやり直しだ。

明らかにコスト悪いだろ。

ここに来ようっていう、お前のその判断」
だけどな？

「――大事なのは差異じゃねえよ。
そこで動いちまった感情だ」
いいか、と赤い髪のハナコが言った。

●

――我ら前を見る者なり
我ら全ての行動を感情によって始め
我ら理性によって進行し
我ら意思によって意味づける者達なり
我ら何もかもと手を取り
我ら生き
我ら死に
我ら境界線の上にて泣き
我ら境界線の上にて笑い
我ら燃える心を持ち
我ら可能性を信じ
我らここに繋がる者である

朗じられた言葉を、己は問う。

●

「今のは――」

「大空洞範囲の決まり事だ。これだけは信じていい決まり事だ」
解るか？

「お前は感情を動かしてここに来た。〝我ら全ての行動を感情によって始め〟――だ。願わくば前を見てんだったらいいけど、どちらにしろお前は〝始まった〟んだよ」
いいか。

「ここは死んでも生き返る場所だ。よく言うだろ。
――馬鹿は死んでも治らねえ。
ようこそ馬鹿の現場へ。
死んだって元の姿には戻らねえぞ。
お前一生ダークエルフしかキャラセレできねえ設定な？

それを安心しろとは言わねえが、同じように偏っちまった連中の溜まり場だと思って観念してくれ」

●

無茶苦茶だ。

だが、

……どうなんだろう。

ここに来ることを選んだのは、実際、どうだったろう。

いろいろ変わりすぎて、いろいろな面倒を感じたのは確かだ。

これまでの事が引っくり返されて、期待していた進路が無しになって。

皆がこちらを気遣わねば付き合えなくなって、

……ああ。

何か、答えのようなものが、目の前に置いてあるように感じた。

ただそれをどう捉えて良いのか。言葉でも感情でも表現出来なくて、だから答えがあると信じていいのかも解らない。

●

解らないままだ。

●

……馬鹿だなあ、自分。

もどかしい。

今の気分を口にして、共有出来ればどれだけいいことか。

そう思った瞬間。

「ハナコさーん。キツめのポエム読むから、DE子さん考え込んじゃったじゃなーい」

己の思考の自縛が、その声で剝がれた。

●

ホ、と詰まっていた息を抜き、己は周囲の先輩達を見る。

　気付けば、白魔先輩が、こっちの肩を叩きそうな雰囲気で笑みをくれていた。

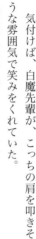

「大丈夫大丈夫。ここの生活、ケッコー気楽に行けるかんね？　ガツガツしてなきゃ、大半の日は屋外訓練で山とか川とかで遊んでるし」

「情報量多すぎてよく解らんだろうけど、何かあったらこっち頼れ」
　ああハイ、とようやく頷けた。

●

……参るなー……。

　地元を出ようと思ったとき、既に自分は何かの感情を得ていたのだと思う。

　そのフラッシュバックが来そうで、しかし、それを受け止めて良いのか解らず、最終的には拒否することになる。

　この大空洞範囲という、地元とは違う環境。

　そこで、今までの自分とも違うダークエルフという身柄であれば、何か〝変わる〟かと思ったが、

……中身は変わらんよね……。

　何も解らない。

　馬鹿のままだ。

　まあそういうものだと思うことにする。

　ただ、先輩達の２／３は、こっちの考え込みについて、勘違いながら真剣に捉えてくれたらしい。

　気遣いという言葉、それを感じさせない雰囲気で。

　しかし黒魔先輩が、白魔先輩に軽く視線を向けてから、言う。

「白魔。——コイツ、私達と同じだろ？」

「うん。さっきちょっと見た感じ、同じ」

「同じ？」

「巫女転換だ。
——元男だろ？
大空洞は巫女しか受け容れないことから、範囲化の男の内、幾らかは女性化させられる。
私も白魔もそれだ」

「……え!?」

「ま、そんな訳で性別ごと憑現化で変わっちゃうのを巫女転換って言うの。
あ、俗称ねコレ。
実際は〝突発性ナンタラの一環〟で済まされるから」

■巫女転換

《素人説明で失礼します
巫女転換とは　２０１２年から確認された怪異で　憑現化の過程において〝男性が女性化する〟事を差します
理由原因は不明ですが　一説には大空洞は神の住まう場で　大空洞範囲は巫女という存在を求めているのだと　そう言われています》

「先輩達も、ですか」

「私と白魔は、そう。まあ他にもいるけど、——お前のある程度の苦労は解るっていう、そういう記号だ」

そうそう、と白魔先輩が肩を叩いて、二人とも前に行く。

既にハナコも前に、アリーナの方に行っていて、自分もそれに続く。

だが、ふと、一歩を踏み出そうとしたとき、三人が振り返った。

視線が合う。

ああ、と自分は思った。前に立つ三人を見て、こう思った。
ここが分岐点なんだ、と。
己は、自分の中身は変わっていないが、存在としては変わってしまった。
そしてかつての〝周り〟も、〝変わった〟自分に対し、やはり〝変わった〟。
違う自分と他人になってしまった。
しかしここでは、同じような人々が周囲にいる。
ならば後は、〝今〟の自分のことだ。

……そうだ。
今日は朝からえらい目にあった。
それ以前、この大空洞範囲と外の境界にある待機場でいろいろ学び、訓練し、都市圏転向調整なども行ってきた。
そして何より、実家や、地元である川崎とは、縁を切るわけではないが、それなりの距離を取るつもりでここに来たのだ。
だけど、

……今なら、まだ、戻れるんだろうな。

ダークエルフ。

ハナコがさっき言ったように、その能を完全に活かすことは出来ないかもしれないが、今からでも見知った地元に戻って、やっていくことは出来よう。

理解のない人もいるかもしれないが、そうでもない人達もいて、そんな連中と、こんな身になったことを笑い話にして生きていく。

そのような選択肢も、今ならばまだある。

だが、

「——」

●

自分は、前に一歩を踏んだ。

●

状況に流されたとか、惰性とか、諦めとか、そういうことではない。

「——今日はもう、朝から、とんでもない目にあいましたけど」

何となく、繋がった事がある。

春の朝。

起きたら、ダークエルフになっていたのだ。

それがどうしてなのか、解らなかったのだが、

「終わりの無い祭って、言いましたよね？　さっき」

「ああそうだ。——言ったよ。そういう風に〝してやった〟んだ」

じゃあ、と己は言った。

「——ここにいれば、自分は、終わらないんですね」

●

たとえ違う自分になったとしても、

「……ここにいれば、終わらないと、そう言う人達がいる。

ならば、

「……いろいろなことに期待しても、いいのかな。

解らない。

だけど自分のことが解らないなら、まず、他人を信じようと、そう思った。

「……うん。

信じたのだ。

●

黒魔は、それを見た。

ハナコの顔だ。

「――」

DE子の言葉と表情を見たハナコが、珍しく、驚いたような顔をしたのだ。

ああ、いいことだと、そう思う。

お前はもっと、いろいろな変化を見て、いろいろな人を見て、今の驚きを憶えておくべきだ。

だから、という訳ではないが、己は後輩に言った。

「死のうとしても、死なないからな、ここ。終わりとか、考える必要が無い」

「――クロさん？　そういうことじゃないと思うの。今の十代喋り場みたいなアレ」

まあそういうもんだ。

そして先を行くハナコが言う。

前を見て、背中で言う。

「いい風景あるぞ。――祭だからな」

じゃあ、と言葉が繋がった。

「行くぞ。――付いてこい」

DE子は前に進んだ。
これまで図書館の扉の枠、その中にいたものが、アリーナの中央を行く通路に入り、人目を浴びる。

……どうだろう。
今、自分は、他の人達から見て、どんなだろうか。そう思った瞬間だ。

「グッモーニン！　大空洞範囲！」
いきなりの放送が、宙を割るように走った。
その直後。

「……!!」
これまで、こちらを見定めるように囁いたり小さな声を上げていた皆が、観客席を爆発させるような声を上げた。
歓声では無い。
咆吼だ。
己に誓う言葉を、皆が叫んだ。

「我ら――」

「我ら前を見る者なり！」

「我ら全ての行動を感情によって始め」

「我ら理性によって進行し」

「我ら意思によって意味づける者達なり！」

「我ら何もかもと手を取り！」

「我ら生き！」

「我ら死に！」

「我ら境界線の上にて泣き！」

「我ら境界線の上にて笑い！」

「我ら燃える心を持ち！」

「我ら可能性を信じ！」

「我らここに繋がる者である……！」

それらの叫びがまとまり、詞となった。

——我ら前を見る者なり
我ら全ての行動を感情によって始め
我ら理性によって進行し
我ら意思によって意味づける者達なり
我ら何もかもと手を取り
我ら生き
我ら死に
我ら境界線の上にて泣き
我ら境界線の上にて笑い
我ら燃える心を持ち
我ら可能性を信じ
我らここに繋がる者である

学!!
ライフRTA 01

ファ
東京大空洞スク

アリーナ南側。

突入口となるゲートの上に、実況解説用のフロアがある。

そこからは、アリーナ中央を抜けて大空洞入り口に向かうエンゼルステア四人の姿を見ることが出来た。

席に座るのは二人、一人は司会者の放送部員で、

『本日唯一のイベントシークエンス！　大空洞第一階層タイムアタック！　実況は私、東京大空洞学院放送部のボーダーコリー〝境子〟がお届けします。
そして解説は何と、競合校であるＭＵＨＳ総長の〝きさらぎ〟さんです！』
おお、という声に、実況席に座る白髪の女が手を振る。

『――ホントは代田さんの頑張りを見に来たんですけどねえ』

『アー、さっきの駄竜騒ぎで、代田さん出場になりましたものね！　うちの方、代わりに第一特務の調査隊〝キャノンダンサー〟を出そうって案もあったんですけど』

『いやまあ、今回は競うよりも、成果を見たいですねえ。あの噂が本当なのかどうか。
――さっきの駄竜騒ぎで、ある程度確信出来ましたけど』

「？　どういうことなんです？」

「ああ。大空洞は幾つかの条件揃うまで内部の構造が一定期間で書き換わる。
今の大空洞は攻略中なんだが、始まりの第一階層が安定してなくてな」

ファン学!!

■各空洞の階層更新

《素人説明で失礼します
各空洞の階層更新とは　大空洞　中空洞　小空洞　どれも　各階層が完全踏破されない限り基本として一週間ほどで内部が更新され　別のものになる　ということです
更新において　各階層の法則　概念などの〝階層拘束〟のベースは変わりません
また　踏破区画は大部分が維持されます
しかし　階層拘束のビミョーな変更や追加非踏破区画とされた区画の再割り出しなど諸処面倒なことにはなりますね》

「小空洞や中空洞がある地域だと、更新すれば空洞内素材がまた採れるからって、完全踏破しない選択もあるよね」

「まあ大空洞はそうもいかねえ。
誰でも楽しくいける第一階層が安定してねえとか、調査隊、それもホームである東空（うち）の連中にとっちゃ恥でしかねえ。
そこでいろいろ意地になってな？　うち、エンゼルステアの一人が、調査結果から仮説を出した。
――時限条件と人数条件がある、と」

「第一階層の奥に大きな露天空間があるんだが、そこに、いつ行っても何もいなくてな。〝ダミー部屋〟だと思われてたんだ。
だけど、――泊まり込み調査で、階層の更新時、そのホールの地脈に不確定存在の振動を確認した」

●

「――つまり階層が更新された直後、初回の突入限定で、一定時間内にそのホールに駆け込めば、そこにボスがいるだろう、ってことね」

●

「――目標は十分切ることと、四人以上のパーティであること、だ。
ここ三週くらい、大手が挑戦してんだけど、しくじってな。

ただそこまでの条件が見えたなら、うちらがイイトコ持って行くしかねえだろ」

「…………」

「……そんなゲームみたいな……」

「近い近い。そんなもんだ」

《ええ　そんなもんですよ》

「つーか正確には、何だ？　アレだ。ええと……」

「……時弦（じげん）の巡りっていうか、地脈の重なりが複雑化することで、外から見るとコードみたいなものが発生してる」

「――そうねえ。川の流れって、大きなプログラムコードとして見たら、目的は〝海に流れ着くこと〟よねー？
　でも途中で池を作ったり、中州を作ったりしてるじゃない？
　――今回で言うと、流れが変わったときにだけ現れる、中州みたいなものが発見された感じかなあ」

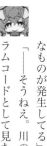

「アー……、大空洞全体は情報体仕様であるとか、聞いた憶えが……」

■情報体

《素人説明で失礼します。
　情報体とは　科科学的な物理存在に対する要素的な情報存在のことです
　何もかもがデータ化された状態　と捉えて頂いて結構ですが　その内訳は言霊的なものが強く適用されます
　そして情報体化することで様々な恩恵が得られますので　御利用頂ければ幸いです》

「大空洞範囲の中って、実はもう情報体の状態なんだけどね。
　大空洞の中は更にその要素が強くなるの。
　色々コストが下がるし、死にそうになった時も、情報的バックアップからサルベージする

サービスがあるからね？」

「〝外〟よりもいろいろ無茶出来るって解ってりゃいい。

——どっちにしろ〝中〟にいると、自分達が情報体だとか、解らないからな」

●

そして、アリーナ内の通路を行き、次の大扉の前に立つ。

「……隔壁ハッチだ」

「川崎にも似たようなものあるのか？」

「うちの方は、戦時用の喪失技巧とか、各所に保管してあるので……」

サイズは様々だが、今回目の前にあるのは、五メートル四方。

よく見れば端の方に〝川崎ＩＺＵＭＯ〟の刻印があった。

■ＩＺＵＭＯ

《素人説明で失礼します

ＩＺＵＭＯとは出雲(いずも)圏にある国際神道企業で各種交通　インフラ　軍事など多種産業を扱っています

東京五大頂の所属する外界にも存在しており技術交換によって現状では世界有数の企業となっています

大空洞範囲に対しては全面バックアップを宣言している他　当地に派遣された東京五大頂の組織とも連携を取っていますね》

「道理で見たことがある訳だ……、と思ったら、それ以上に関わってんのね」

何となく安心感。

そんな雰囲気を得ていると、社名の下には、先ほど聞いた詞がある。

……我ら——。

――我ら前を見る者なり
我ら全ての行動を感情によって始め
我ら理性によって進行し
我ら意思によって意味づける者達なり
我ら何もかもと手を取り
我ら生き
我ら死に
我ら境界線の上にて泣き
我ら境界線の上にて笑い
我ら燃える心を持ち
我ら可能性を信じ
我らここに繋がる者である

　重要な意味を持っているのだろうと、そう思う。
　そして白魔先輩がハッチ横の女生徒と表示枠で遣り取りを始めた。
　兎耳（うさぎみみ）。
　何だか徹夜明けのような雰囲気を纏った女生徒は、

「ヤッホ、白魔君、何か良いモン拾ったらうちに入れてよ」

「委員長？　図書館に入れられるような書物系は、第一階層だと無理じゃないかなー」

「何かたまにあるらしいがね？　５th‐G系、空中住居を遠くに見たとか、そんな話が最近、他の中空洞あたりで」

「５th‐G系？」

「アー、画面、おい」

■５th‐G系

《素人説明で失礼します
５th‐G系とは　空洞内各階層を支配する階層拘束のカテゴライズの一つです
各階層は　基本的に別の法則　概念という階層拘束に支配されており　各空洞の踏破　攻略を至難とさせる要因となっていますね
５th‐G系の主な階層拘束は

・——ものは下に落ちる

というもので　支配階層は底の無いループ型高空域　空中回廊などが名物です》

あ、と白魔先輩の声が上がった。

「今、第一階層の階層拘束は５th‐G系で、階層拘束はメジャーの、

・——ものは下に落ちる

だけで行けてるみたい。
でも、私達は慣れてても、ＤＥ子さん初心者だから油断しないで」

《失敬
私の説明は一般的なものなので
特殊状況には対応出来ません》

「よく解らんですけど、どういうものなんです？」

「階層拘束は、ぶっちゃけ説明しても解りにくいから、体感して解れって感じなんだよな
……」

ふうん、と頷いていると、兎耳の先輩が振り向いた。

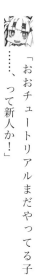

「おおチュートリアルまだやってる子が……、って新人か！」

●

凄いな、と兎耳の先輩が赤い目で言う。

「ヤーヤー！　おはよう！　おはようって言い続けて三十六時間目だよ！
図書委員長のテツコだ。ヨロシク！
で、君？　──種族系憑現化で変な記憶の夢見たりしてないかね？　ダークエルフらしいアレ」

え？　と思った。
ダークエルフ化する際に見た悪夢、白の地平に立ち尽くすアレはまた何か違うだろうけど、

「たとえば、どんなのです？」

「ああ。種族系憑現化の場合、その種族の記憶？　そういうのに基づくものを、夢とかで見たり、何か条件で〝思い出す〟のだよね。
だからエルフ系の友人とかだと、見知らぬ村が丁寧に焼かれて復讐誓うとか、そういうの見てるのが多い」

「アー、そういうのは見てないですねー……。まだ見てないだけかもしれませんけど」

「見たらレポート頼みたい！　否、インタビュー形式の方が読みやすいか。頼むよ！」

食いつきが凄い。
というかそんな夢、見るんだろうか。変にドラマチックなのでなければいいけど。
だが兎耳の先輩は、すぐにハナコに視線を向け、

「──あ、一応ルーチンとして儀礼ね？　ハナコ君。今回はタイムアタックで条件突破の解放目的だからデバッグスキルはキャンセルしてる。
パーティメンバーはアタッカーが四人、サポートが一人。
大空洞は第一階層が5th-G基準で──」

「おお、今回どのくらい？」

「更新変化率13パーセント程度。開けた瞬間から内部の存在確定でタイム加算されるから、助走付けて飛び込んだ方がいいね」

「第一階層のＲＴＡだから判定は全部パッシブで行く。経験値ボーナスつくか？」

「君らのレベルだと第一階層ではもうパーティ用のパッシブボーナスつかんだろ。ダークエルフ君には残念だが。

まあ早くダッシュの準備したまえよ」

何言ってるか解らないけど、最後のは解った。

ハナコが手を挙げ、ハッチから下がる。十五メートルほど。

そして白魔先輩が、白い面のようなものを投げてきた。

受け取ると、

「フェイスガード……？　それともまさかコレ……」

「んー。そのまさかね。通常防疫よりちょっと強力。プロテクトシール」

■プロテクトシール

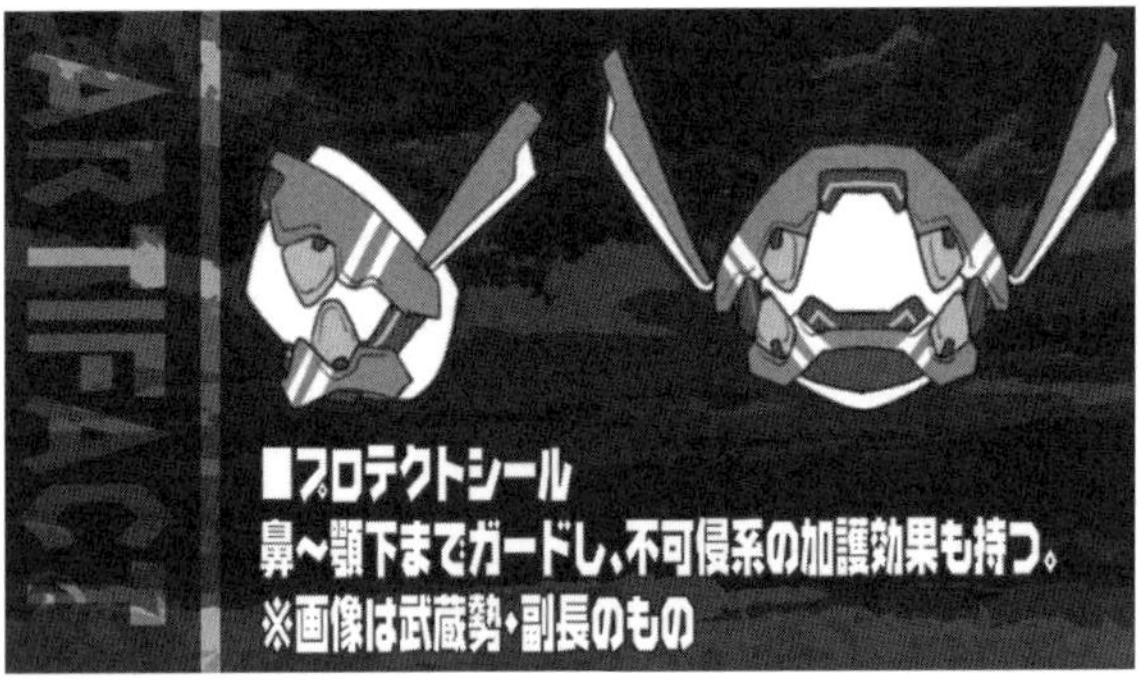

《素人説明で失礼します

プロテクトシールはフェイスマスクやフェイスガードに似た形状で　物理機能も同様のもの

を持ちます
　一方で情報体としては〝顔〟という　存在の
第一を隠すことで　未開の階層に突入した際、
情報側から干渉する法則や概念を防ぐものでも
あります
　主に地上東京及び各国は　世界に拡散したD
PVCの影響を避けるため　必要に応じて使用
する状況が続いています》

「対情報体としてのフェイスガードみたいなも
んだ」

「そうだねダークエルフ君」
　と、兎耳の先輩が、閉じた状態のハッチを軽
く叩く。

「このハッチを開けた先はまだ完全踏破が済ん
でおらず、不確定部分がある場所だ。
　更新ごとに、ビミョーに法則や概念も変わる。
　そんな場所、飛び込んだ直後に未知の毒性気
体とか干渉概念とか、シャレにならないだろ？
術式や加護の防御はあるけど、念のためだよ」

「フィット感は個人差あるし、加護関係の設定
によっては不要な機能もあるから、自分用をい
ずれ作ることになるだろうな」

「闇討ちするときなんかも必須だよな！」

「DE子さん？　ああいうの無視していいから
ねー？」
　言う三人は、自分用のものを手にしている。
　そしてハナコがポーズを取り、

「タァクティコゥフッレエエエエム……！」

「…………」

「…………」
　それぞれの制服が自動変形を始める。

ARENA

ARENA

「――ンだよ！　叫べよ、お前ら！」

「いや、お前、叫ばなくていい設定あるだろ。さっき使ったアレ」

　言いつつ、白黒二人の先輩が、変形した装甲服の各所にアタッチメントパーツを装着する。記憶に拠れば、術者系が、その術式を保持するストレージだ。

　黒魔先輩は緑のオーブ型、白魔先輩はオレンジのＰＤＡ型。

　そして自分の制服も、変形をしている。

「おおう……？」

　勝手に、と思う間に終わってしまうのは、複雑性が無いからだろう。

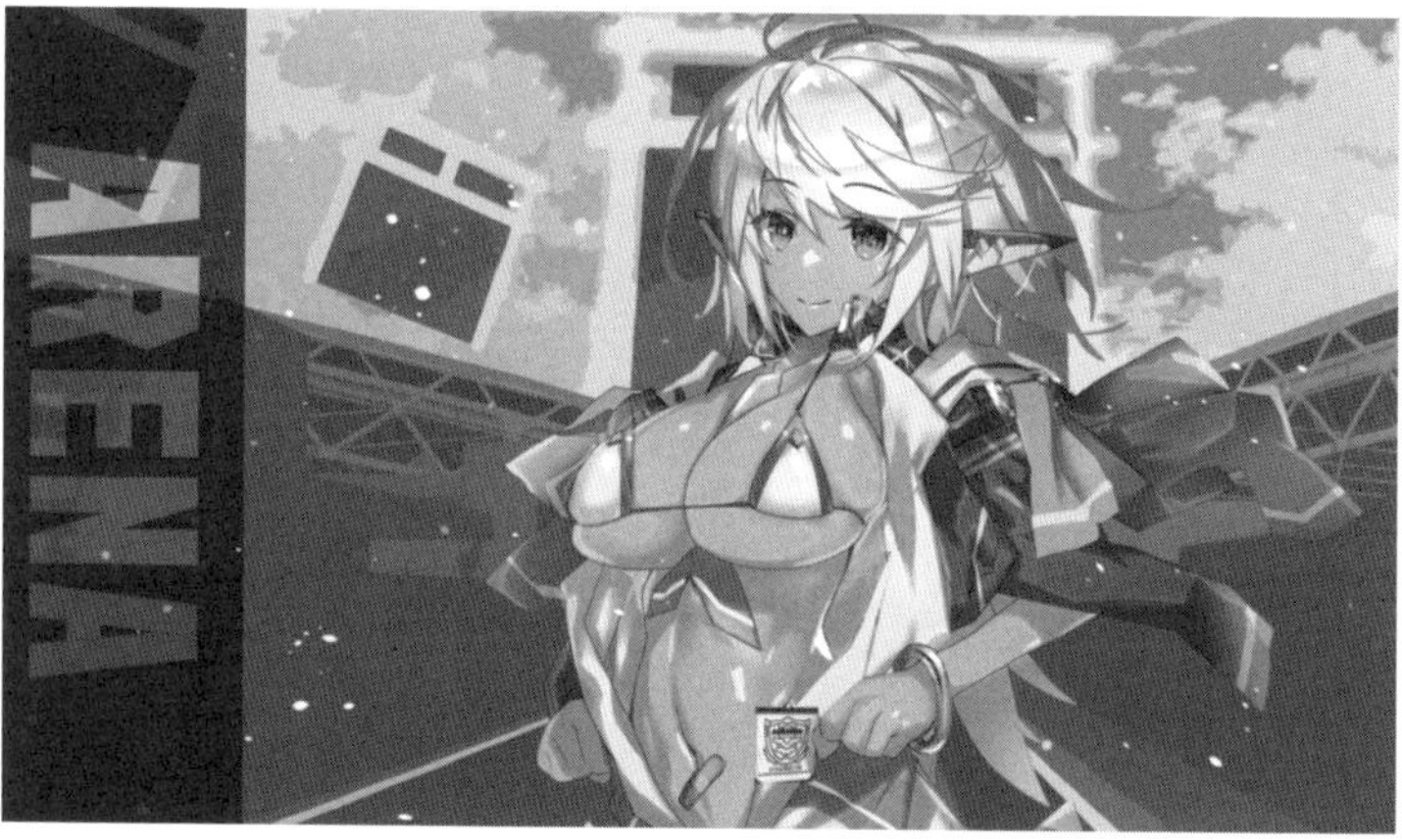

そして、

「おい、コレ、やる」

と、投げられたのは、ケースに入ったナイフだった。

黒の色。

表示枠が出て、

《所持者権限を譲渡されました　認可しなくても　使用には問題ありませんが？》

「権利を持ってないと使えなくなる概念とか、あるんですか？」

「――第一階層には無いが、いい判断だ」

じゃあ、と認可。

「でもどうして？」

「新入りとは言え、無手を飛び込ませたんじゃ他のユニットの連中がうるせえんだよ。あと、お守りみたいなものな？　うちに入った記念で持っとけ」

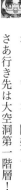

「アー、いろいろ大変スね……」

言ってる間に権利関係の処理がなされ、自動でこちらのものとなる。

既に皆、プロテクトシールも装着。

自分もそのようにして、

「じゃあ、行くか」

応じるように、兎耳の先輩が叫んだ。

「Hello World!」

●

実況の境子は、エンゼルステアの四人が走り出したのを見た。

『おっと、いきなり開始です！　さあ行き先は大空洞第一階層！　そこは天国か地獄か、冒険のワンダーランドは多摩テックを超えるのか！

ここまでエンゼルステアは今年度目立った活躍していないが、ハナコ！
お前だハナコ！
調子いいヤツを辻対戦で張り倒したり、皆が争ってるときだけ一位獲ったりして！
もうそういう嫌がらせはいいじゃないかハナコと言いたい！
だけど行くのかエンゼルステア。
行くは荒波、多摩川の風！
新人含めて行く流れはまさに現代の多摩川ライン下り！
どう思いますか、きさらぎさん！』

『まだ走ってるだけだから全然解らないですよねえ』

『その通り！
だけど何かやらかすんじゃないかと皆が思ってる！
そしてハッチが開く！
開く！
開いた!!
開門の響きはベートーヴェンの〝運命〟の音か！
それともアマデウスの〝葬送行進曲〟か！
更には見えるか行き先が！
今、四人一斉に！
――突入したあああ！』
その実況に、半目できさらぎが振り向いた。

『四人、結構バラバラだったけど？』

『付き合わないですね！　きさらぎさん！』

◇第二章 ●

　空だった。

「……え!?」

　投身、という言葉が思い付く程度には高空。
　ただ落下するだけの青の空に、自分はいた。
　飛び出しだ。
　ハッチの向こう。青の空があるのは直前で見えた。
　しかし、

「……足場があると思ったのに!」

　足場どころか何も無い。
　あっという間に制服が風をはらみ、袖や襟の各所で表示枠が展開。
　自動処理で高度確認や緩衝軽減を行い、受ける風は靡(なび)く程度に収まる。

《だが落下を止めることがMURIなので　宜(よろ)しく御願いします》

「何を!?　何を宜しく!?　ねえ!?」

　画面が出て来なくなった。
　だが、画面の言うとおり、落下は止まらない。
　ただただ青い眼下に、しかし何か影が見える。
　地上だとすれば、そこに落ち、激突するのだ。

●

「うわ……!」

　と声を出して、自分は気づいた。
　風を無視して己の声が聞こえる。
　プロテクトシールの御陰(おかげ)だと悟った瞬間。
　胡座(あぐら)姿勢のハナコが淡く回転しながら先に落ちていった。こちらに手を挙げ、

「ヨー」

「ヨー、じゃないですよ!　どうすんですか!?」

「あはは、ここまで切れてるの今までちょっと無かったよねー。
　あ、プロテクトシール外して大丈夫。大気とか緩衝中和入ってるから」

　言われて振り向くと、白魔先輩と黒魔先輩が、こっちに追随している。
　恐らくは、初心者救済でフォロー出来る位置にいるのだろう。
　黒魔先輩が、表示枠を何枚か出し、内容を確認しつつ言う。

「お前のさっきの質問に答えるけど、これから九分チョイで、ゴールまで到達するのが目的だ。
　距離的には、約5キロの南東。うちの学校から府中のあたりだと思ってくれ」

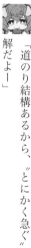

「ええと、5キロを十分って言うと……」

「道のり結構あるから、〝とにかく急ぐ〟が正解だよー」

そういうものだと思うことにする。
だが、

「落下してるだけで、大丈夫なんですか!?」

「そうでもねえぞ」
という言葉と共に、自分は下からハナコに抱え上げられた。
どういう仕掛けか解らないが、落下中だというのに、明らかに下から支えられている。

「着地入るけど、ビビるなよ?」

「え?」
疑問した瞬間。
眼下に橋のような石の道が見えた。それは息をするより速く接近し、

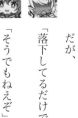

《説明しましょうか?》

「遅いって——ッ!」
激突した。

START
▼002
『とりあえず一回
死んでみよっか？』編
「出撃即死は流石に
ないですよね！？」

◇これまでの話

「前回、とうとう名前が決まりました！　ＤａｒｋＥｌｆでＤＥ子。デコって呼びます。早速死にかけてます！」

「ハイ、それはそれとして、大空洞ＲＴＡが遂（つい）に開始。第一階層の完全踏破をするために、ソッコでボスワイバーン討伐ね」

「急がないといけないが、第一階層は底なしの空という難所だ。現状、空中回廊に激突コースだな？」

『よーしゲートクローズ！　エンゼルステアのアタック開始です！
　さあ、高空から現第一階層名物の空中石盤回廊にどう降りる!?
　そのままだと激突だぞ!?』
　疑問の声が向かうのは、アリーナ上空に展開した大型表示枠だ。
　調査隊が義務とする〝正式調査の可視化〟。
　そのために用意された追随型の撮影術式が、現場の流れをそこに見せている。
　そして巨大な画面に映される疑問の答え。
　空中を渡る石盤回廊に対し、一直線に落ちたハナコは、

『――激突しない!?』

画面の中、青の空を吊り橋のように渡る石盤回廊がある。

その上に、ハナコが後輩を抱えたまま、確実に着弾した。

だが、

『————!!』

二人分。

その重量と勢いが、確かに回廊に上から当たった。

しかし、彼女達は下りの石盤に弾かれなかった。

宙に跳ねもしない。

回廊に潰れもしない。

更には落下の速度を一切落とすこともなく、

『止まらない……!? ハナコ、DE子を抱きかかえたまま、石盤回廊を落下速度で移動し続けています!』

ハナコが回廊上を前に、下り方向へと〝落下し続けていく〟。
その速度と勢いに、観客達がざわめいた。
何故だ、という疑問に答える声があった。
きさらぎだ。

『さあ皆さん？　どういうことでしょうねえ。着地したら、踏み込み、止まる。それがセオリーですけど、あの馬鹿、完全無視ですねえ。
これ、どういうことか解りますか？』

『どういうことなんです!?　きさらぎさん！　これは——』
ええ、ときさらぎが頷いた。

『落下速度を落とさないまま、石盤回廊を〝滑走〟しているんですよ』

『遊園地のフリーフォールと同じですねえ。
　レールがあっても自由落下するのと同じで、何らかの方法で着地の衝撃を無視して、石盤回廊を〝落下し続けている〟んでしょう』

　きさらぎの言う通りのことが、そこに生じていた。
　高速の落下状態から、斜め落ちの石盤通路に着地する。
　それは高速で、通路に角度があろうとも激突必至の構図だが、

『――ハナコ御見事！　ダークエルフ……、DE子!?　あ、ハイ！　ダークエルフ後輩の登録名はDE子だそうです！
　ともあれハナコ御見事！　超高速落下からの斜面着地。
　しかもDE子後輩を抱えたままだというのに、膝一切曲げずの着地からクロスで７２０！　速度も落とさずに滑走に繋げてます！　これは得点ゲームだったら高得点！』

　画面の中、ハナコが一切速度を落とさずに高速で石盤通路を滑走していく。
　スキーの滑降競技のような勢いで、靴裏と石盤通路の間に流体光を散らしながらただ速度を上げて、

『ＹＥＡＨＨＨ――！』

『ハシャいでますねえ、あの馬鹿。
　というか回る必要一切ありませんけどねえ。後ろの白魔君なんか、そのまま素で着地からの滑走だし。ガンホーキを補助に使っているのとか、私からすると好印象ですねえ』

『でもきさらぎさん！　今の、どういうことなんです？　普通、落下したら〝着地〟ですよね。
　それに、落下時に緩衝術式で速度落とすのに。
　落下速度そのままで着地即滑走状態にするとか』

『ああ。後ろ。ガンホーキで一人だけ飛んでる黒魔君いるでしょう？
　いずれ分隊するのかな？　まあ、ともあれ今回の階層拘束の変更部分を察して全員分の加護調整とかやったのは彼女なんですけど、つまり彼女が優秀だったんですよ』
　と、きさらぎが、空中の適当な位置、上側に手を伸ばす。

『各階層、突入口の結界範囲がありますからね。五秒くらいはオフィシャル加護がボーナス掛かりしているんで、無敵時間です。

　その間に、不足していた加護や調整を行ってスタート、というのがフツーですが、アプデ直後の階層はそれなりに環境の変化があります。

　どの階層でも良い、ファーストアタックやったことある人、いますか？』

　アリーナの観客の中、幾らかが手を挙げ、大多数が左右を見回したり、身構えるように次の言葉を待つ。

　するときさらぎが言った。

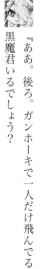

『あのね？　ファーストアタックって、危険なんですよ』

●

『既存と何が違うかをソッコで検知して、加護や調整の追加や除外を行わなければならない。
　しかもその場の判断で。
　加護や強化って、下手に組むと反発や緩衝して無効化や逆面化したりするのに、そのリスクを覚悟で行くのがファーストアタックです。
　だから多くの調査隊は、突入回数とか機会、コストを無駄にしないよう、自分達にとって未知の階層に行く際、情報を得てそこらへん組んでいくんですよねえ』

『確かにそうですね！　オフィシャルのミッションにも、〝環境変化の調査〟は常にあって、その変化の報告または情報を報酬に換えている訳です』

『そう。そうなるのも、加護や強化、調整の術式が、無限に持ち込めないからです』

と、きさらぎが、頭上に右の手を翳した。
スクリーン用表示枠に映るエンゼルステアの面々を観て、

『この、私達が見ている映像の撮影術式も、調査隊の方で用意するものです。
環境によっては撮影不能や障害を受けることも多く、それが三分間連続したら失格となります。
——そうさせないためにも、ファーストアタックについては、

- **未知の環境を解読する必要がある**
- **厳選して持ち込んだ加護や強化の術式で、環境に対応しなければならない**
- **ミッション開始即座にそれらを行う必要がある**

という、リスクとコストがある訳です』
一息。

『今回の第一階層に与えられていた階層拘束は、5th-G系にはよくある、

- **——ものは下に落ちる**

というのがメインでしたが、コレ、よくある系と言いつつ、更新直後は危険な変動をしている可能性があるんです。

何だか解りますか？』

『ンンン!? よくあるのに危険!? どういうことでしょう、きさらぎさん！』
ええ、ときさらぎが応じた。

『東京大空洞の各階層は、私達の世界とは違う世界です。
つまり、〝ものは下に落ちる〟といっても、
——重力加速度は私達の世界と違う場合が多いですし、更には重力加速の法則自体が生きてるかも解らないんですよ』

『おい！　そこらへんを書架式でこっちのルールに変えてやんのがうちらの仕事だよ！　ＭＵＨＳの図書委員は仕事してないのかい!?』

『更新変化率13パーセントって言ってましたよねえ？　昭和の消費税率と同じくらいに出来ません？』

　ともあれ、ときさらぎが言った。

『今回の突入、第一階層は、図書委員長のテッコ君達が頑張っても、まだ現実に比べて13パーセントの揺らぎがあります。

　しかしその揺らぎは、世界のどの部分に掛かってるか解らない。

　それを瞬時に黒魔君が精査して、全員の加護を調整。

　その上で、レベル低くて高速落下制御の術式が使えないＤＥ子君のため、ハナコ君が彼女を抱きかかえてフリーフォールした訳です』

『――だとしたら、今さっきの、ハナコ達のアレはそういった安全を確保の上で――』

『ええ。――**〝ものは下に落ちる〟**。だから着地と同時に、傾斜方向を〝下〟と〝認識〟すれば、着地の衝撃がキャンセルされて、滑走に見せかけた〝落下継続〟が出来る訳です』

つまり、

『ハナコも白魔君も、着地からの滑走をしていない。

傾斜方向に合わせて〝下に落ちている〟んですね、アレは』

『出来るんですか!? そんなこと!』

『出来ますよ？

〝下に落ちている〟の〝下〟は、階層拘束では定義されていませんからねえ。

現実世界とは違うんですよ、大空洞の中は』

でも、

『理屈では解っていたから、試した人、いるでしょう？

でも上手(うま)く行かなかった。そうですよね？

何故でしょう？』

一息。

『出来るのは、――現実世界で、真っ平らな道路を前にして**〝前に落ちる〟**って信じられる人だけです』

●

皆が言葉を失った。

『勿論(もちろん)、そんなことしなくても第一階層は踏破出来ますからね。

その方が頭いいですよ？

今回はハナコ君みたいな馬鹿じゃないと駄目って話なだけなので』

しかし、と彼女が言った。

『ハナコ君の後ろにいる白魔君、彼女も、ガンホーキを補助にしてますが、滑走してますよね。

――ハナコ君が見本を見せたから出来ている、というのもあると思いますが、恐らく、もっと確かなフォローをした人がいます』

『おお!?　あの滑走を叶(かな)えて支えた人材、それは誰ですか!?』

『――黒魔君ですよ。
よくまあ全員分の加護調整を短時間でやったもんですねえ。
素直に褒めましょう』

●

しかし、ときさらぎは言葉を続けた。

『ハナコ君が、相変わらずの馬鹿で素晴らしいですねえ。

落下中に黒魔君が精査した階層拘束の揺らぎを理解し、滑走速度を上げるために動力降下(パワーダイブ)を敢行。

更には着地キャンセルからの滑走を行って720。

そのためには〝斜面の先が下だと自分に思い込ませる〟ってのもやらないと駄目ですねえ。

それも初心者丸出しのダークエルフ君を抱えて、ですよ。

読みが一箇所でも間違ってたら今頃結晶化でしょうに。

――初見であれ完全に乗りこなすのは、上位陣の経験と判断力ですねえ』

あ。

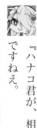

『あのくらいなら、私、出来ますよ?
――何だ。簡単じゃないですかねえ。こんなの』

「速……！」

滑走している。

落下から、速度は落ちていない。

寧ろ上がっている。

石畳にも見える空中回廊。

明らかに人工物。しかしその行き先は大気に掠(かす)れる青の空に消えていて見えない。

ただ、速度は上がり続け、

「うわ……！」

「おい！　ＤＥ子！　下ろすから地力滑走しろ！」

「え!?　ちょっと、どうやって！」

「は？　それは、お前、こう、何となく……」

知能が頼りない……、と思った瞬間だった。

「ええと、ちょっと危ない！　言定状態入るね！」

白魔先輩の言葉と共に、不意に視界が変わった。

「へ？」

《――白魔様のホストで言定状態に移行しました》

Hello!!LIMITED MODE

《え？　言定状態って、ええと……》

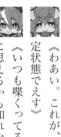

《あれ？　外が見えないというか……、音も無いし、温度とかも無いし、……文字とアイコンしか見えてないんだけど？》

《わあい。これが、情報世界だとメジャーな言定状態でえす》

《いつも喋くってるのとあまり変わらないように思えるかも知れないけど、今、私達の五感は外界から遮断されててな？　意思を情報として、直結会話してる。

つまりアイコンと言語だけの高速会話システムだと思え》

《は？　――ええと、高速会話って、どのくらいです？》

《基盤となる情報世界の状況にもよりますがこのシステムを開発した大空洞浅間神社によれば３００s／1sです》

《つまり外界で一秒流れる間、こっちでは五分の会話が出来る訳なのね。

こういうのが、つまり情報体となった事で得られるサービスってこと》

《一応　外界の情報を取得することは可能ですその場合　私の認識による情報取得と表現になります》

《外界情報：現状　ハナコ様に抱きかかえられていたのが　放棄される瞬間です　外の風強く天候は晴れ　お肌の乾燥に気を付けて下さい》

《いらん情報が多い……》

《ともあれ急ぎのアドバイスや作戦会議でフツーは使う。
一人でも使えるから、判断を迷ったときとかはコレに飛び込め。
――〝言定状態〟で、うちのユニットのスペースに入れるようにしてある》

《ウワー……、便利空間……》

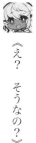

《おやおや　実は今まで　幾度か使用していますよ？》

《え？　そうなの？》

《ええ　私の説明ですが　危急であると判断した中では　双方向では無く単方向で使用しています
貴女の方では一瞬気を取られるだけで済んで居る筈ですね
また他の方達も同様に　一瞬で情報取得をしている場合が多い　と付け加えておきます》

《――使用実時間が一秒を経過します　料金が追加されます》

●

《ンンン！　一秒経過って、誰のせいかな画面さん！》

《まあいいや！　ええとDE子さん？　ここの滑走というか、落下の攻略法だけど、進行方向よりもちょっと上の方、前を見るのがコツなのよね》

《前を見ると、回廊が下にあるのが見えるし、感覚として足下を〝下〟って思いやすいんだよな》

《アー……、つまり速度もついてるから、足下見ないで空を見た方が、そっちに落下するような錯覚をしやすい、と？》

《うん。そういうこと。
大事なのは上手く自分を騙すことね？　ハナコさんとか、そういうの凄く上手だから。
でもまあ、安心して？　必要だったら私のガンホーキで拾うから》

■ガンホーキ

ARTIFACT
■ガンホーキ
機殻箒のフォーマットの一つ。
箒が砲塔と推進部まとめてフルカウリングされている。
画像は黒魔の"黒高波"と白魔の"白早波"。

《素人説明で失礼します
ガンホーキは魔女が使用する武装兼飛翔(ひしょう)機で　元々は機殻箒として内部に箒を仕込んでいました
今は箒の性質を再現したエンブレムカードを用いることで軽量化　高出力化を叶えています
なおガンホーキはＩＺＵＭＯと魔女専企業〝見下し魔山〟の共同開発製品名ですが　機殻箒の一般名称としても広まっています》

《あ、こっちでも説明は出るんだ》

《文字情報ですし　単方向でも出せるなら双方向でも出せます》

《よっし。じゃあ切るね！　一瞬ラグがあるから気を付けて》

《あ、ハイ！　有り難う御座います！》

GOODBYE LIMITED MODE

《――言定状態が解除されました》

一瞬、白いノイズのような音を聞いた。
そして現実に復帰。
言われたことは憶えている。
正面、やや上には、石盤回廊ではなく、青の掠れた空間が見えていて、

「あれを〝下〟って思うの。どう？　今も充分そっちに〝落ちてる〟でしょ？」

『大事なの、暗示だよな』

『コツを教えてるって、言って欲しいなー！』

あ、騙されてる、とDE子は思った。
今、自分は、ゲームによくあるような斜面回廊を抱えられて移動中だ。

だが、確かに視線をやや上げて、回廊よりもやや上、青の空間を見ることで、

「――――」

高所。

寝ているときに空を見上げた記憶を思い出す。

視線の先に空しかなくなって、背中には大地があるのに、青の色に吸い込まれそうになった。

そんな憶えは確かにある。

「解ったか!?」

いきなり放り出された。

●

……危ない！

尻から落ちるような姿勢だが、

「と」

落ちた。

斜面の先、やや上のあたりを〝下〟と思い込む。

それはつまり、〝下〟が、引力基準ではなく、自分の思い込み基準になっているということであり、

「早く足を着け！」

言われた通り、足を踏んだ。

石の床。

思った以上に足裏から硬い反応が来て、

「と!!」

跳ねた。

斜面からスキッド。

やや空中に外れた身を、

「悪く無い。踵(かかと)から行け」

背を支えるのは、箒にも、砲にも見えるものに乗った黒魔先輩だ。その支えをクッションとして、自分は今度こそ斜面に行く。

踵から落ち、視線はしかし前、やや上を見て、

「……！」

右の踵だけで〝真下〟へと滑走する。

空の中。

空の中央へと、だ。

●

……怖——！

というのが全力の感想だ。

ぶっちゃけ、滑走のために踵で踏んだ右足が戻せない。

後ろの白魔先輩など、チョイ見たときは落ちついて両足滑走だったが、自分は無理。

着いた右踵が上手く行ってるから、それを変更したくないという、変な恐怖感が緊張を呼んで、別の動きが出来なくなっている。

そして、左から、

「あれあれ～？　初心者のＤＥ子サアアン？　何かビビってませんかあ？」

アオリに来た！　と思った瞬間。

足下が一回跳ねた。石畳状になっている路面に、木の根のようなものが渡っていたのだ。

足が跳ね上がり、後頭部から地面に半回転で当たる。

「うわ……！」

●

やった！　と思うなり、声が来た。

「好きにしとけ」

言葉が聞こえた直後。

自分の身体が更に半回転した。

解ったのは、ハナコの手が、こちらの肩に当たったというだけで、

「復帰～」

姿勢が戻っている。

片足で滑走しているのも、さっきの通りだ。

フォローされたのだ。

●

「あ、有り難う御座います！」

言うと、前に半歩出たハナコが笑う。

「気にすんな。一回やっとけ。憶えとけ」

そして、

「でも今後は気を付けろよ？　こういう滑走系の移動って結構あるから、障害物に当たるかどうかってのが初心者と熟練者の境目だからな？　初心者ほどイキって余所見して障害物に激突する」

回廊に生えてる樹木に、ハナコが余所見で激突した。

破壊音がして、木々の破片が枝葉と共に飛んで、ハナコが消える。

「え？　ハナコさん？」

「うわ！　あの馬鹿！」

《死にました？》

何が何だか、解りはするのだが、理解して良いのだろうか。

結果として、全体の先頭となった自分は、

「え――……、と？」

「イッテテテテ！　クッソ！　障害物増えてやがるのか！」

復帰してきた。

《――白魔様のホストで言定状態に移行しました》

Hello!! LIMITED MODE

《え!?　ハナコさん、何で今ので生きてるの!?　結晶化しててよくない？》

《舐めんな！　今ので、半年くらい溜めてた貴重なアーティファクトとか一気に自動消費したからな！　ぶっちゃけこのミッション成功しても二ヶ月くらい赤字だぞ！》

《お前一回死ねよ》

《今のがほぼ臨死体験だっつーの！》

《横スクロールのジャンプゲームみたいな死に方、ホントにあるのねー……》

《死が軽い……。ってか結晶化って、アレですよね》

■**結晶化**

《素人説明で失礼します
結晶化とは　大空洞範囲内にて外的要因で死亡した際に発動する加護です
全身が20センチほどの情報結晶と化し　バックアップデータから蘇生(そせい)復帰が出来ます》

《しかし結晶化……、あまり世話になりたくないけど、かなり無敵仕様だよね……》

《でも結晶が破壊されたら復帰は凄く大変になるし、格安サービスだとセーブポイントまでの記憶しか戻らなかったりでね。
だからコスト惜しまず、結晶の自動回収サービスまで入れておくといいかな》

《そういうときは大空洞浅間神社な！　宣伝！》

《浅間神社からの宣伝アフィリエイトがハナコ様に認められました》

《お前さあ……》

《うるせえなＱＯＬがチョイ上がるんだよ！　ってか、ほら、お前もそろそろ次の動きだろ！　行くぞ！》

GOOD-BYE LIMITED MODE

《——言定状態を解除しました》

●

『何で彼女達、共食いのために言定状態使うんですかねえ』

『あ、やっぱ今の妙な間、アレ言定状態ですか、やっぱり！』

●

「お……」

と、何となく〝解った〟こちらの視界の中、ハナコが前に出て、手を軽く前に振る。
すると、

「――りょーかい。離隊する。後で合流」

「あ、オッケ。――クロさん、引き上げ宜しくね」

遣り取りと共に、黒魔先輩が垂直に空へと飛んだ。その上で、

「ここからが本番だ。見てみろ」

言われた先。

眼下に色が見える。青黒い雲と思ったが、

「森!?」

「現第一階層のメイン。
空中大森林だ。
　一気に突き抜けるから、あたしの後ろにいて、身を低くしとけ」
　あ、はい、と頷いて己は気付いた。
　いつの間にか、両足で滑走出来ている事に、だ。
　今更ながらに理解するのは、足裏だった。
　靴の底。流体光が散っているが、

「……小型の防護障壁？」

「うん。滑走するために、ちょっと貼ったよ。
スケート感覚？
フツーにソールだと、摩擦力ありすぎて引っかかって大転倒するもんね」
　恐らくは最初からの気遣いだ。
　ようやくそれが解る程度には、落ち着いてきた。

　有り難う御座います、と頭を下げると、笑って手を前後に振られた。

「チームワークってものだよねー」

「おお！　あたしなんか天才だからそんなソール処理いらねえけどな！」

「チームワークってものだよね……!!」

「うるせえな！　ハイハイそうだよ！」

「いやでも自分、思い切り足手まといなんじゃ……」

「――気にすんな。
　このミッションは四人前提だ。
　お前が一緒にボス倒す処までいないと駄目なんだ。
　解るか？　あたし達にとって、お前をそこまで連れて行くのは苦労でも何でも無い。
　お前は、だから、自分でミスって死ぬようなことだけはするな」

いいな？

「あたしをよく見ろ。模範の塊みたいな存在だろう？」

「敢えて笑顔で言うけど、さっき無茶レアな〝即応全回復の指輪〟消費してたよねー？」

《大空洞地下五階層より先で　入手確率０．０００３ですよねアレ》

「準備がいいって言えよ！　準備がいいって！」

ともあれ、とハナコが手に展開式のロングハンマーを握る。

眼下、青黒い森が急速に近づいてきた。

空中回廊は一回切れていて、続く先はもはやその森の入り口直結となる。

そしてあるものが見えた。森の中から、湧き上がるように飛翔したのは、

「……竜!?」

「現第一階層名物、ワイバーンの舞踏群でぇす」

数が膨大だ。

渦を巻くように飛んで来た青の飛竜群に対し、ハナコが笑って言葉を放つ。

「遅れるなよ?」

●

『おおっとエンゼルステア！　現第一階層名物〝竜の巣〟に突入します！　7メートル級の中型ワイバーン達が舞い上がって作る舞踏群は既にお出迎え！　その並びと重圧さとやかましさは、まさにワイバーン達の立川駅バスターミナルと言って過言ではないでしょう！　きさらぎさん！　既に開始から四分経過！　どう見ますか、この進行状況を！』

『エンゼルステアらしいルート選択ですねえ』

と、きさらぎが、表示枠を出す。

それはアリーナ側のスクリーンと連動。

映し出されるのは、

『現第一階層を横から見た図ですねえ』

それはスタート地点を右上、ゴールを左上に示したもの。

竜の巣は、下方中央にあり、

『今、エンゼルステアが使用している石盤回廊は、竜の巣に至る複数回廊の内、真っ正面から突っ込むものです。

中型ワイバーンといえどレベル的には戦闘系戦種でレベル8くらい欲しい。

それが群でいるから、ここは特殊なんですよねえ。

第一階層だというのに、初心者にとって竜の巣という即死ルートがある一方、初心者脱して行った連中にはいい狩り場です。ただ――』

と、きさらぎが、スタート地点から左、ゴール方向に向かって、白いラインを引く。

『上空にも飛び石エリアがあるので、今回のゴール地点に対しては、そこを渡って行く、というのもルートとして有り得ますねえ。
　黒魔君と白魔君のガンホーキは、速度さえ出さなければ二人乗り可能ですし、下のワイバーン達も、飛び石エリアにはあまり寄ってきませんから』

『ほう！　そちらを選ばなかったのは、何故なんでしょう!?』

『水平方向への移動速度と、安全性でしょうねえ。

　落下速度による滑走の方が、斜め落ちでも、二人乗りのガンホーキより速い。

　そして二人乗りで飛び石エリアを渡っている最中に、万が一ワイバーンに突っ掛けられたら、恐らくダークエルフ君が駄目です。

　下で滑走するなら、ダークエルフ君のフォローにハナコ君が入れますし、ダークエルフ君も自力滑走出来ますからねえ』

　まあ、と彼女が言った。

『そこらへん、ハナコ君は臆病過ぎるかなあ、と思うんですけどねえ。

　万が一は万が一でしかないし、白魔君と黒魔君をもうちょっと信頼してもいい。

　でも面白いのはここから先ですよ。

　今回のレギュレーションでは、最奥にあるゴール地点に行く際、いつもの攻略方法が使えないんですよねえ。

　それ、下周りルートでどうするのかなあ、って』

ジャンプした。

回廊が切れていて、飛ぶ。そして続く道へと至る間、空中で、

「ハイ、一応はフォローとして手を繋いでー」

「あ、どうも有り難う御座います！」

宙で手を繋ぐと、良い具合に気が散る。

自分より先に先輩格が〝前に落下している〟、というのが、相手の手指から伝わるのだ。

自分はそれに続けば良いと、そう思える。

恐怖心が消える。

あとは、足下を気にしたくなる恐怖感から逃れて前を見るだけだ。

……続く回廊があって……！

繋いだ手が教えてくれるように、〝前に落下〟する。

そして足の下に回廊が飛び込んできたと同時に着地。
石盤回廊に対し、踏むと言うよりも足裏を添える。
あとはそれだけで、

「お、おおおお！　行った！」

「上手い上手い～。初めてでコレは凄いからね！」

それなりには出来ている、ということだろう。
だがここから先が問題だ。
森の中、回廊と森の間には意外に広い空間が有り、そこに、

『……！』

群が来た。
舞い降りてくる。それらに対し、先行するハナコが、

「YEAHHHHHH！」

打撃をぶちこんだ。

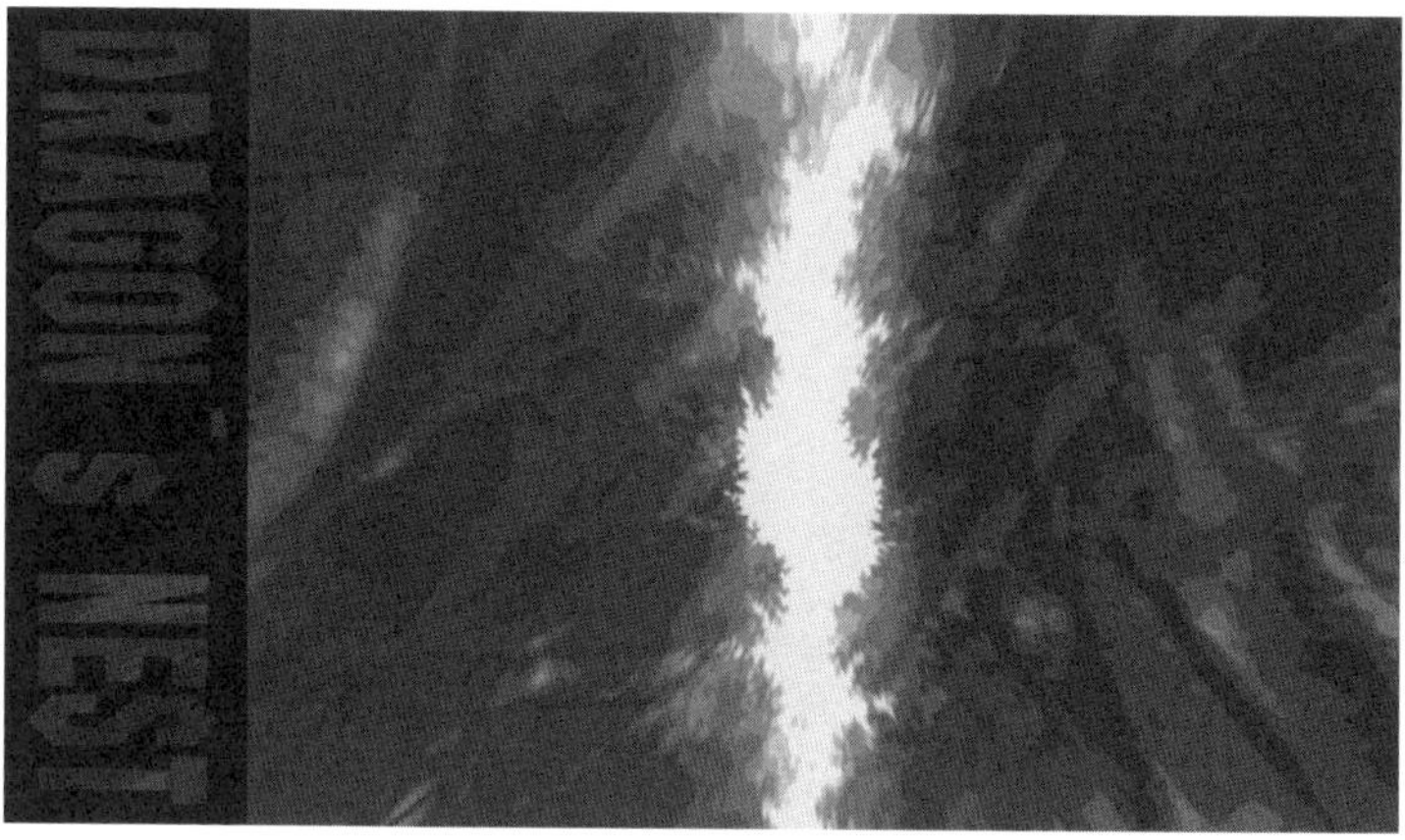

◇第三章 ●

森を突き抜ける回廊上。

高速滑走しながらの戦闘が開始された。

「うわ……！」

こちらの視界の中、身を回しながらハナコが叩き付けるのは、あの光る壁だ。

群の中、一番近いものから順に、連射はしないようだが、

「ほーら！　邪魔だぞ!!」

ハンマーで後ろからヒットして、砲弾のようにぶち込む。

その威力にはこれまでの〝落下〟の勢いが付いており、

『……!?』

竜の全身が吹き飛んだ。

更には距離が詰まった飛竜に対し、

「近すぎるぞ……、と！」

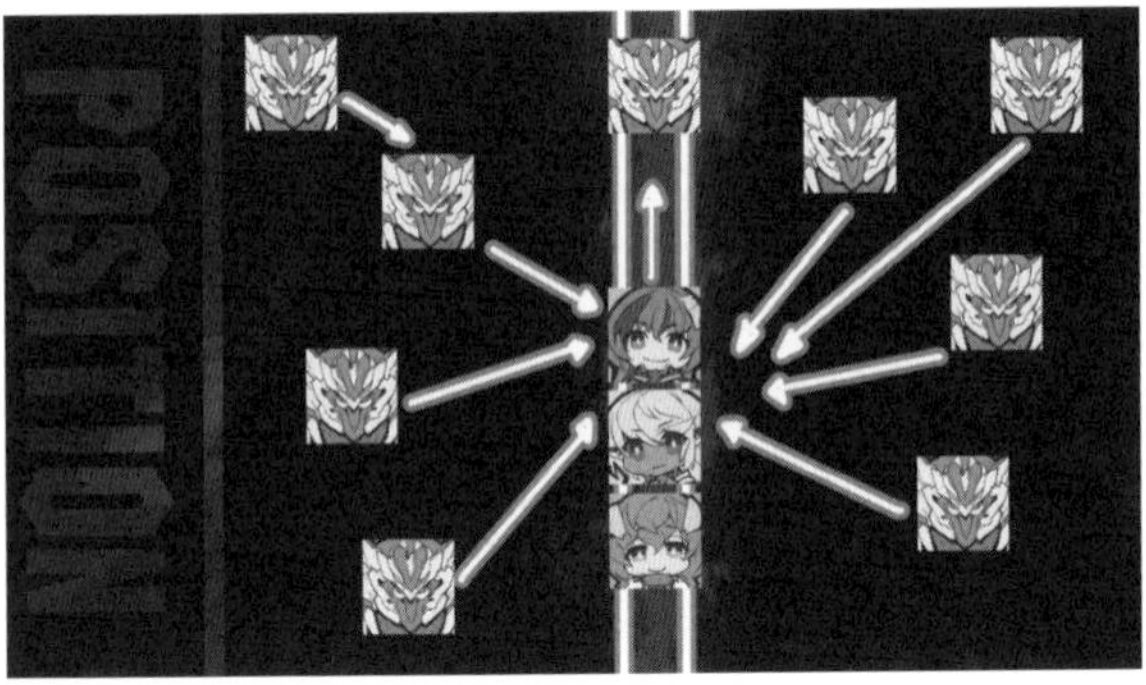

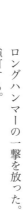

ロングハンマーの一撃を放った。

強打する。

打撃武器は空中で加速し、インパクトの瞬間に術式表示枠を展開。

打面拡大の術式だ。

それによって彼我の大小差を無くした一発は、竜の巨体にストレートなダメージを与える。

激音が入った。

『――――』

巨大な獣の姿が吹き飛び、後続に激突する。

その下を潜って加速する自分達は、

「うわ……」

森の中。

何処からか差していた日の光を遮って、ワイバーンの群が来ている。

先程のものが先発だとするならば、こちらは本隊だ。

ここからが本番となる。

飛竜の大量襲撃に対し、白魔は動作した。

……ここが私の勝負処だね……！

前にいるDE子の姿勢を、なるべく変えさせたくない。

何しろ初心者だ。

難しい挙動は出来ない。

だから、彼女の姿勢を出来れば加速方向に保っておきたいのだ。

そしてハナコが指示したとおりに、安定して動けるようにしてあげたい。

だから、

「ハナコさーん！」

「はーあ――いぃ――ッ!!」

返答の先に、己は術式を発動。

呼びかけと答えで結ばれた縁を利用して、射程や座標の設定をキャンセル。
使用する拝気を減らした上で、だからこそ、

「十二人前――――!」

●

DE子は見た。
眼前で踊るように打撃とシールドキャストを叩き込んでいたハナコの周囲に、無数の光の壁が立ったのを、だ。
ドアではない。長方体のそれは、

……盾!

見たことがある。
朝、竜との戦闘で、白魔先輩が展開したものだ。
竜が最後に流体爆発を起こす際、竜を囲むように射出していた無数の光の盾。
今はそれが、ハナコを囲むようにして、

「毎度ォ――――ッ!!」

打面拡大したハンマーで、360度を打撃した。
それらは微妙に角度を付けられており、周囲から一斉に飛び込んできていた竜群を迎撃する。
当たった。
時間差をつけて十二連の破砕が直撃する。更には、

「――――」

一発のシールドを、ハナコが直上に射出した。
同時。正面からそれが来た。
大物だ。
30メートル級。

恐らくは群のリーダー格。そんなボスワイバーンが、しかし、

『……!!』

こちらに突撃せず、バックダッシュのような姿勢で空中を後退。

首を縮めるその動きは、

「竜砲!!」

「ハ！　それで回廊破壊したら、責任とるつもりあるんだろうな!!」

言って、ハナコがロングハンマーを引いた瞬間だった。

自分の視界の中、あることが起きた。

正面に構えたリーダー格のボスワイバーンが、竜砲ではなく、いきなりこっちに吹っ飛んで来たのだ。

「え!?」

突然に起きた飛竜の接近。

先ほどの竜砲の構えはフェイントだったのか。

否。

『……!?』

見れば、竜自体も、明らかに戸惑っている。

自分の接近が意に望まぬものであったというように、慌てて羽ばたいて距離を取ろうとしている。

だが無駄だ。

どういうことかは解らないが、狼狽えた飛竜の後退より、滑走するこちらの接近の方が早い。

何もかも、止まることなく、

「食っとけ！　美少女の拝気製だぞ！」

射出されたシールドバッシュの裏に、ハンマーの打撃が追加された。

接近に対するカウンターとして、光の壁が飛ぶ。

対するボスワイバーンは、戸惑っているがゆえに回避も何も出来ず、

『……！』

明らかに骨を砕く音がして、巨体が横に回転つきで吹っ飛んだ。

排除したのだ。

《——白魔様のホストで言定状態に移行しました》

Hello!LIMITED MODE

《今の戦闘、ちょっと変なことが起きたでしょ？　説明した方がいいかな？》

《あ、ハイ、ありましたね。デカいワイバーンが、竜砲撃とうとして姿勢崩したのが……？》

《アレ、ハナコさんの憑現装備が発動したせいなのよねー》

■憑現装備

《素人説明で失礼します。
憑現装備とは　憑現化した者専用の装備　つまり憑現者固有の能力を発動出来る装備です
憑現者の特殊能力である憑現力と密接である一方　入手方法は様々で　憑現内容によっては憑現装備が無い場合もありますし　必ずしも憑現力の発動に必要と言う訳ではありません》

《ハナコさんの場合は、このハンマーね》

《さっきボスワイバーンがこっちに吹っ飛んできたのも、コレの特殊技で〝吸い込んだ〟の》

《吸い込んだ!?　ハンマーで!?》

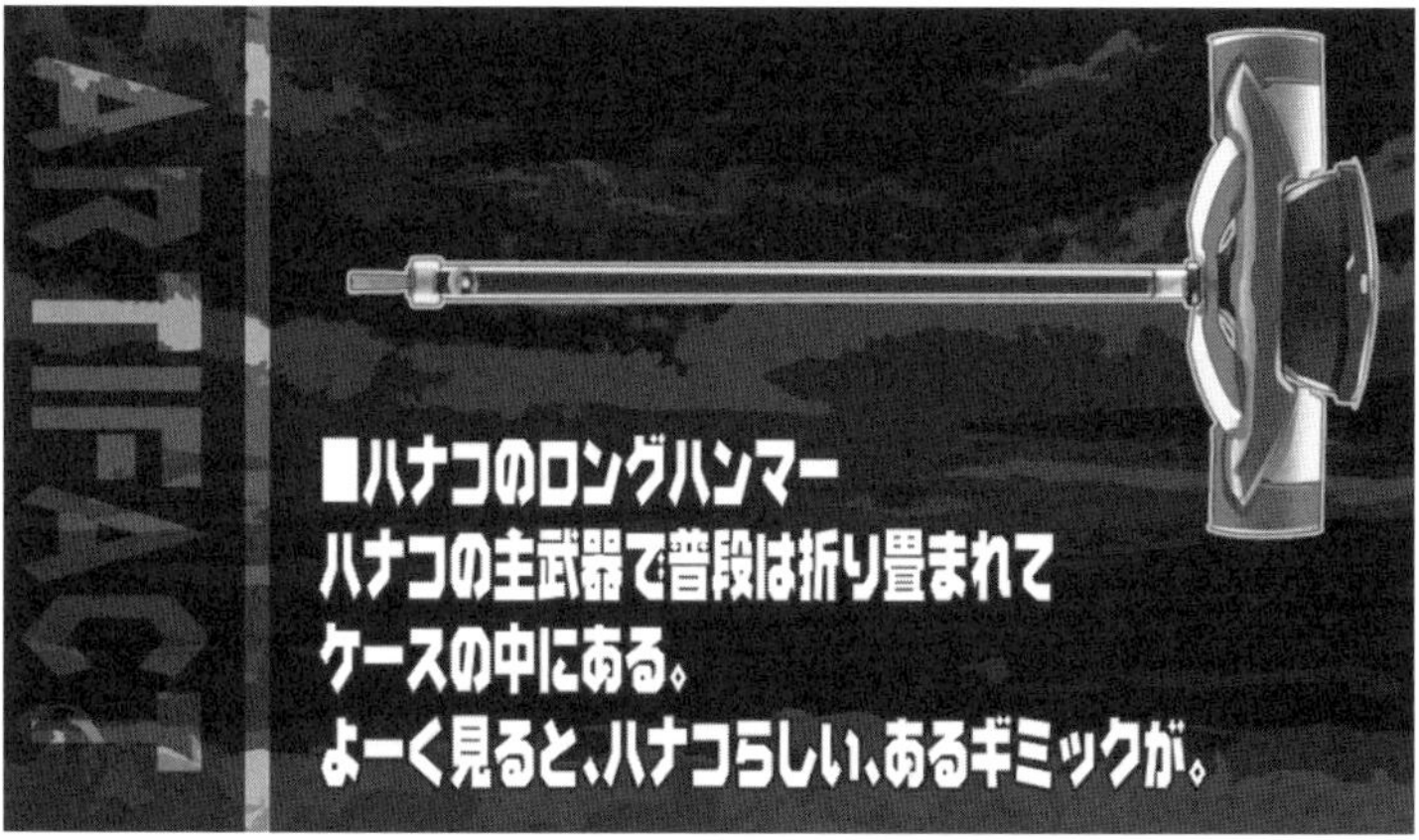

ARTIFACT
■ハナコのロングハンマー
ハナコの主武器で普段は折り畳まれて
ケースの中にある。
よーく見ると、ハナコらしい、あるギミックが。

《ほら、よく見ると打撃部の支軸のところ、何があるかな？》

《…………》

《アー!!　吸い込み器!?　どういう!?》

《ハナコさん、メジャー憑現の憑現者だからいろいろ技とか多いのよね。
ほら、ハナコさん、アレだから》

《アレ？》

《うん。――トイレに出るアレ。トイレのハナコさんの憑現者だから》

《……ハア!?　そういう憑現も有りなんです？》

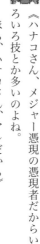

GOODBYE LIMITED MODE

《――言定状態を解除しました》

『トイレのドアをシールドにしてシールドバッシュ。
吸い込み器をポールウェポンにして、〝吸引〟で引き寄せて殴りつけるとか、ちょっと学校系の怪異がベースにしては、カスタムが攻撃的じゃないですかねえ』

●

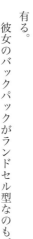

あー、成程、とこちらとしては解った部分も有る。
彼女のバックパックがランドセル型なのも、それか、と。そして、

「抜けるぞ！　速度上げて来い！」
言われるがままに、正面、開けられた道の先を〝下〟と感じる。
落ちていく。
だがそんなこちらに、周囲の竜群は対応した。

「竜砲の一斉撃ち……!?」

もはや接近はしない。

遠間から爆圧式の竜砲で撃とうというのだ。

それに対し、

「白魔！」

白魔先輩が、応答より速く両手を振る。

箒にも砲にも見える武装を脇に構え、

「――!!」

挙動した。


アリーナにいた者達は、誰もがそれを見た。

回廊を高速で滑走する三人の周囲。

連打で叩き込まれる爆圧が、やはり連続射出される白の盾によって、全て個別に打ち弾かれて行く。

『おおっと、数百の竜による竜砲の大合唱はまさにドラゴンの立川ステージガーデン！　しかしそれら全てを弾き返しているのは白魔の防護響楽です！』

スクリーン上、回廊上で滑走して回り、時に先頭にも出る彼女は、己の武装を弾いていた。

白のガンホーキを両腕で抱え。

そして左手はヘッドを掴むように、右はボディを叩くように。

その動きは、

『響楽式の術式制御ですね』

はは、ときさらぎが笑った。

『高速の防護障壁展開をする際ね？　あまり精密対応する必要ないんですよ。
　防護障壁はある程度の範囲をカバーするから、自分達を護るなら障壁を発生させる座標は限られてくるんですねえ。
　――後は詠唱を自動化しつつ、座標の指定を高速に、かつ多重、同時射出する方法は何かというと、まあ、その一つが術式系ではメジャーな歌唱系。
　座標の指定力を曖昧にしたくないなら響楽系ですねえ』

『成程！　つまり白魔にとって、今の戦場は全方位の音ゲー！
　叩いて叩いてグレイト判定をコンボしまくるその防御法は、私達にとっても馴染み深いとしか言いようが無いですね！　グレイト！
　――ですけどきさらぎさん！』

『何でしょう？』

『白魔の実力もありますけど、ドーム型に全方位型の防護障壁展開を行わず、各座標へと個別展開して防御するってのは、どういうことなんです？』

『燃費重視でしょうねえ。――だから先に、ハナコ君が仕込んだんですよ』

●

『――仕込んだ？』

ええ、ときさらぎが手元の表示枠を操作する。
これまでの記録をシークしながら、

『この第一階層。
実は回廊そのものにはワイバーンが攻撃しないんです。
回廊は彼らにとって餌が来る通路であり、風や水質なども寄越すものですからね。
ゆえに群のリーダー達が、破損箇所を枝や蔓(つる)で補強するのも確認されてます。
しかし――』

しかし、

『その回廊を行く者には、だからこそ容赦ない。それを迎撃仕切るには、やはり仕込みが必要ですねえ。
――コレですよ』

言葉に重ねて、彼女が自分の表示枠を叩いた。
応じるようにスクリーンの動画が逆転再生。
早戻しの入ったそれは、最初にハナコがシールドバッシュを連打で叩き込む映像で、

『コレ、ワイバーンの群が無数に見えますけど、全体が衝突したりせずに済むのは、幾らかの集団に分かれて順番が決まっているからなんですね。
最初にハナコ君はそれを見切って、順番付けて叩きまくりました』

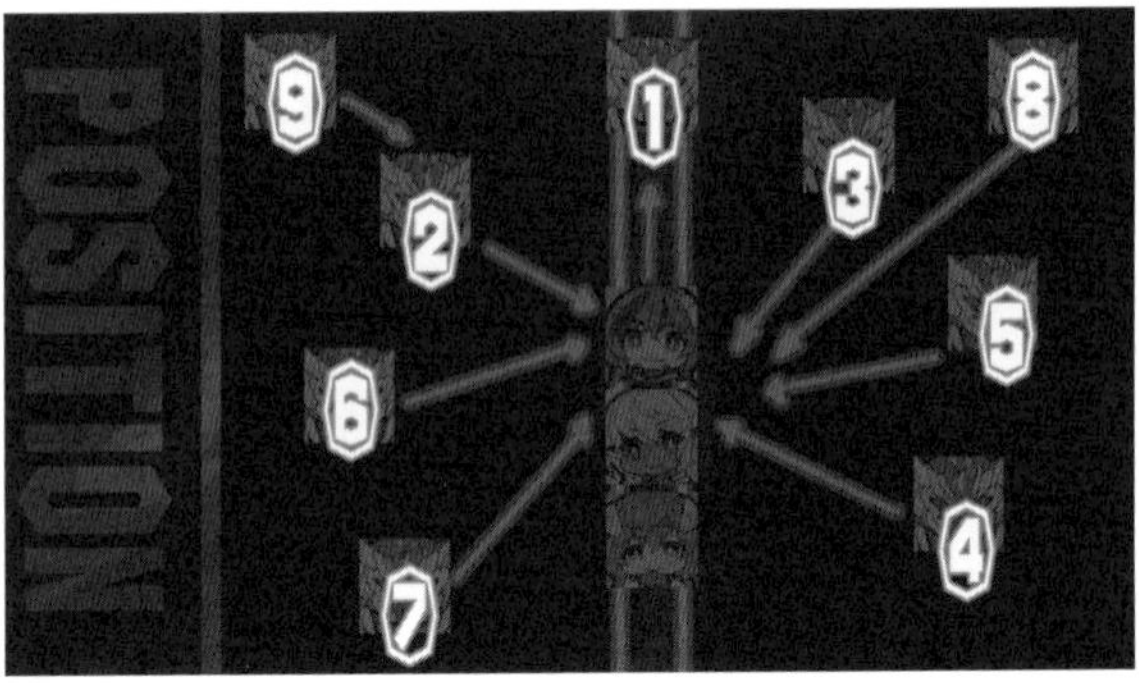

『密集状態の相手に順番付けて落としていくと、各列の後続はその順番通りに接近し、攻撃する事になりますよねえ？

だから、ほら、――無数の群がいても、順番通りに攻撃してくるなら、一列対応と同じですよねえ。

白魔君の実力なら、ズレや個体差で重なった部分も処理出来るから――』

ほら。

『竜の巣を、抜けましたよ』

「竜の巣を抜けたけど――」

目の前に広がったのは、青の空ではなかった。

森が終わった直後。

回廊の終端がジャンプ台のようになっている。

だから、

「飛ぶってのは解るんだけど……、何!?　何コレ！　正面の！」

前方。

そこにあるのは、石の壁だった。

空中にて、垂直に広がる莫大な壁。

距離感が掴みにくくなるほどの、全面壁だ。

……激突する!?
思った時には回廊が終わっていた。
速度任せに跳躍すると、

「ＦＵＡＨＨＨＨＨ！　久し振りの空だな！　あの壁の上が目的地な!?」

言われて見上げる空。

確かにずっと上、青くかすんだ向こうに、壁の縁が見えている。

……上まで、何キロあるんだ!?

というか、

「コレ、昇る前に時間切れになるんじゃない!?」

アリーナでは、三人の動きが見えていた。
空中に浮かぶ巨壁。
否、これは単なる壁では無い。

『ここが第一階層の最奥区画。皆、何度もこの壁にアタックして、下も上も調査しましたよね？
でも何も無くて、居なかった。
だけど――』

『十分以内に、四人以上で、最高部の広場である〝大ホール〟に到達すれば、そこにボスが出現する……。
事前調査ではそこまでが解っています！』

『ではこの壁、巨大な垂直岩塊は、まだ誰も見たことが無い階層ボスが出るホールの、足場ということなんですねえ』

その側面。
平滑な壁に向けて、竜の巣から三人が飛んだ。
距離はあるが、速度は充分。
まず空中で先に動いたのは、白魔だった。

『白魔が動きますね！　魔女としての必須武装、ガンホーキの飛行に切り替えました！　これで少なくとも、彼女はゴール地点まで行けます！
十分以内は――』

『白魔君は間に合うでしょうねえ。だけど他二人、どうするかなあ？』

『あの垂直大壁をどう昇るか、ですよね！　方法はどんなのがありますか？』

言っている間に、空中でハナコがDE子の右手首をホールド。そのまま彼女は巨大な壁に対し、垂直に立つように着地し、

『――』

射出したシールドを、空に向けて、大壁に突き立てた。
落ちない。

堪える。

落下緩衝の術式を掛けているのか、ハナコもDE子も落下はしない。

だが、壁に垂直に立っただけで、二人とも上に進むことが出来ない状態だ。

これはどういうことかと言えば、

『――エンゼルステア、ピンチ！　この空中大壁、これまでにも第一階層の調査隊を上ルートと下ルートで分ける原因となってきたモノであります！
何しろコレ、低階層らしくフツーに岩壁で、採取品なども貧相極まりない場所です！
正に岩石の東京砂漠！　しかし今、これがタイムアタックに対しても壁になります！　さあどうするエンゼルステア！』

『――これまでだったら、〝下に落ちる〟が正解なんですよねえ。第一階層、下ルートで遊んだ連中なら解ると思うんですけど』
それは何故か。

『この第一階層。5th-G系列だけあって、上下の天井と底が繋がってるんですよ』

●

きさらぎは、壁に貼り付いている二人をスクリーン越しに見て言う。

『――だからこれまで通りだったら、ここから下に落ちれば、下限臨界点を超えたところで天上側に移動。

この大壁の上にあるホールに到着です。

でも今回は、それ使えないんですよね』

ああ、と頷く声が観客席から幾つか上がった。

その頷きに対し、きさらぎが笑みで応じる。

『その上下ループを使用した場合、所要時間として七分弱が必要となります。
十分以内という今回のレギュレーションでは、この方法、使えないですよね』

『じゃあ！　エンゼルステアはマジピンチですねえ！』

『――解ってたでしょうに。それを実況出来る境子君。肝が太いですねえ』

『いやいやそういう仕事なんで！　で！　ここからエンゼルステアは、どんな方法があると思います？　やっぱり、ハナコが上の方を〝下〟と認識して、DE子を引っ張るんじゃないですか？』

『今、それが出来てないようですけどねえ』

『あ……』

『壁を見ることで、〝下〟の認識が一回リセットされたんでしょうねえ。

　そうなると今、あの壁に貼り付いてる二人には、これまで感じてなかったような重力、自分達の自重が一気に来てるんです。

　簡単には、上を〝下〟と思えないですよねえ』

　そして別の動きが来た。

　森だ。

　背後の竜の巣から、

『……！』

　群が一気に来た。

　それは今までのような、弾幕じみた大群ではないが、

『おおっと！　ここまで快進撃のエンゼルステア！　ここで詰みか!?』

『いや、手筈（てはず）揃ったんで、ここで来るでしょう』

　きさらぎが、小さく笑った。

『伏線、打ってましたものねえ』

DE子は見た。

「ワイバーンの追撃……!?」

飛来するワイバーン達は、こちらが動けないことを理解している。

ゆえに竜砲ではなく突撃。足の爪からの接近を見た自分は、

……マズい……!

《――ハナコ様のホストで言定状態に移行しました》

Hello!! LIMITED MODE

《……何でアイツら、竜砲で安全に仕留めに来ねえの？　もしここであたしが反撃のネタ持ってたら、危なくない？》

《何言ってんだ……、と思いましたけど、300s／1sでしたっけ。なので応えますけど、コレ、〝部族ルール〟じゃないですかね》

《〝部族ルール〟？》

《あ、ハイ。ほら、映画とかアニメとかであるじゃないですか。遠距離攻撃とかの安全な手段で主人公を追い詰めておいて、トドメの瞬間にいきなり近接武器出して〝トドメはコレでいく！〟みたいなアレ》

《アー、あるある。そして返り討ちに遭うまでが一連の流れだよな》

《ハイ。——で、何で最後、あんなことしたんだろうな……、というのを考えて、納得出来る説明があるとしたら、〝部族の掟〟しかないな……！　って》

《……そうか。つまり舐めプ入ったヤツが最後に調子乗って変な武器出したりするのも、ボスが追い詰めた主人公前に演説始めるのも、あれは本人の意思とは別で、奴らの所属する〝部族の掟〟か……！》

《だとしたら、仕方ないですよね！》

《おお、そういうことだな！》

《二人とも、あーぶーなーいー！　コラッ!!》

《ある意味、一番有効的に使っている気もしますけどね》

GOODBYE LIMITED MODE

《——言定状態を解除しました》

いかん。叱られた。

「でも事態は解決してないよね！」

当たり前だ。

壁に立つようにして貼り付いたまま、ワイ

バーンの突撃を待っている。

そんな状態だ。

危険を思ったのは、ハナコの両手が塞がっていることだった。それも、左手はこちらの右手首をホールドしている。

だからここの最適解は、自分を手放し、迎撃することだろう。

だが己は思う。

この〝勝負〟は、自分達が四人でゴールしなければ勝利にならないのだと。

しかし自分には解らない。

こういうとき、どうすればいいのか。

そして、

「おい、DE子！　こういうとき、どうすればいいのか、教えてやるよ」

「え!?　どうするんですか!?」

「ああ。〝カワイくて格好良いハナコさん、何でも解決！　お助けビューン！〟って笑顔で言うと、あたしにパワーが漲(みなぎ)って解決される」

「ええ……？」

「言えよ！　ノリの悪いヤツだな！」
一瞬迷ったが、言った。

「〝カワイくて格好良いハナコさん、何でも解決！　お助けビューン！〟」
言った。すると、

「ハハハ！　コイツ、ホントに言いやがった！馬鹿じゃねえの？」

「コラァ――ッ!!」

『…………』

『…………』

『あの、今の……？』

『ノーコメントで御願いしますねえ』

馬鹿をやってる間に敵が来た。
一直線。
先頭のワイバーンの爪が、手を伸ばせば届くような位置に迫って、

「――!!」

声にならない叫びを上げた。そのときだった。

「よっしゃ間に合った……!」

瞬間。自分の全身が直上に跳ね上がった。ハナコに引っ張られるようにして、だ。
上がる。一瞬だ。

「うわ……!」

眼下には壁に激突したワイバーン達がいる。
どれもこれも、こっちを見失って慌ててる処に、次の集団が当たる構図だ。
しかしそれもすぐに、下に遠ざかって行く。
上がるのだ。
壁を、引っ張られて、ちょっと引きずられ気味に昇っていく。
それはハナコが高速の登攀（とうはん）力を発揮しているからに他ならない。だが、

……どうして……!?

ハナコとて、推進力を失っていた筈なのだ。

●

どういうことだと見た頭上。ハナコが空に盾を構えていた。
そして己の目は、一つの異変を見た。
ハナコのシールドに、黒い、槍（やり）状のものが数本突き刺さっている。

「あれは——」

「うん。クロさんの反発加速術式よー？
——クロさんのガンホーキを加速させるための術式を、逆向きにして撃ち込んできたの」

■反発加速術式
《素人説明で失礼します
反発加速術式は黒魔術の得意とするものの一つです。
東京大解放までは白魔術と黒魔術の差は防御系と攻撃系という区分でしたが
東京五大頂〝武蔵勢〟の改変影響により黒魔術に〝反発性〟の要素が加わりました
黒魔術の加速術式は順次加速するものではなく　加えられた力を蓄積し　一気に反発するもので　扱いはテクニカルかつピーキースタイルです》

「ええと、つまり——」

「黒魔が今撃ってる術式砲弾をこっちが〝受け止めて引く〟とな？　それが反発して〝アイツ

の方に引っ張られる〟ってことだ！」
　上だ。
　見れば壁上の縁から、こちらに砲型の武装を構えている姿がある。
　黒魔先輩だ。
　彼女が、加速術式をハナコのシールドに撃ち込んだ。
　それが示す結果は明確だ。

「クロさんのガンホーキ、速度は抜群だからね！　一気に行くよ！」
　言葉と共に、彼女もまた自分のガンホーキに乗って垂直上昇。
　続くこちらも、更に上へと加速しながら、

「これだけ速度が乗ってれば、上が〝下〟に認識出来るだろ！」
　手を離される。
　垂直の壁において、背後となる眼下は無限の空だ。

支えるものは何も無い。だが、

「行けます！」

上を〝下〟と認識出来るほどに、速度は乗っている。だから自分は天上側の空を見て〝落下〟した。

上へ。

一直線に進み、

「——来たか！」

ハナコ達と共々、壁上へと到達した。

●

『八分十二秒！』

四人が壁上に到達した時間を、境子は叫んだ。

アリーナ内。

おお、という声が幾つも上がる。

スクリーン内でも、壁上にいた黒魔が、白魔やDE子の手を取り、引き上げるのが見えている。

『きさらぎさん！　今回の決まり手は！』

『ンンンン。エンゼルステアのチーム力……、と言いたいですが、DE子君がそこに含まれるかというとそうではないですからねえ。
……強いて言うと、総合力ですかねえ？』

『成程！　全体の流れ、どういったものか、聞かせて貰えますか!?』

そうですねえ、と、きさらぎが未だに進むタイムカウンターを見つつ、口を開いた。

『ハナコ君達が下ルートを選択したことについては、既に話しましたねえ？　その一方で、上ルートを選択したのが一人います。
——それが黒魔君』

『——黒魔君。
彼女の目的は、先行して壁上に到着。
壁に貼り付いたハナコ君を術式で牽引(けんいん)する、ということなのは、実際に見た通りですねえ』

一息。きさらぎは銃を構える素振りを見せて、

『ガンホーキに乗った状態では、黒魔君の自重もあるから、牽引しても余り速度が上がらないです。
だから先行し、加速術式だけを砲弾化してぶち込む。
無論、砲弾なので破壊力ありますよ？　黒魔君の砲撃は駄竜張り倒すくらいですから。
——でも、ハナコ君のシールドならそれを受けとめられる訳ですねえ』

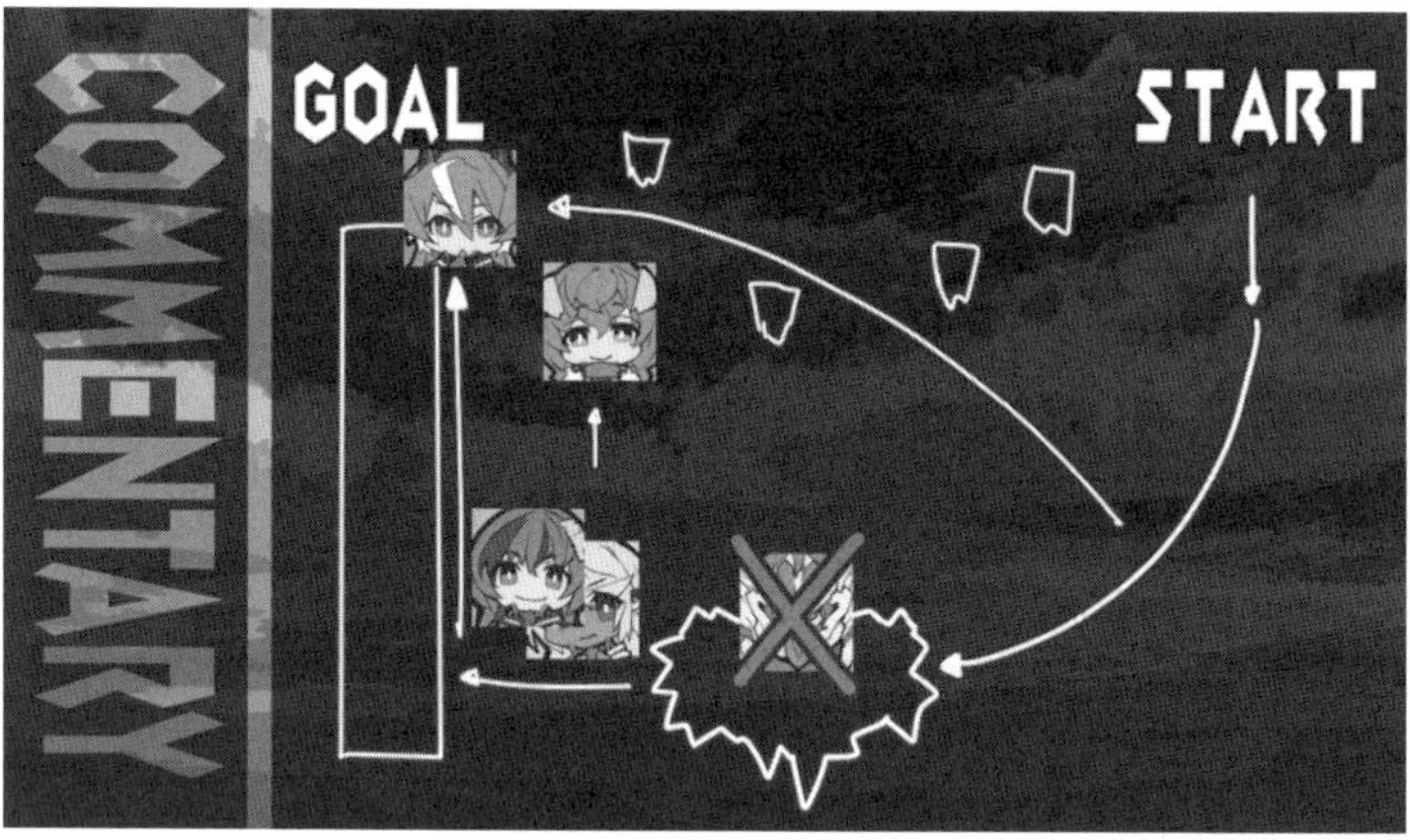

『それ、四人が一緒に行動していたら、出来なかった話ですよね！』

『そうですねえ。更にエンゼルステアは彼女を上ルートに行かせつつ、下ルートに行くのを三人にしたので、いろいろな恩恵があります。

　白魔君の防護響楽も、護るのが三人ではなく四人だったら、リスクは上がっていたでしょうし、ワイバーンの群の動きも、上空から黒魔君が観測していたからこそ、いい対応が出来たんでしょうねえ』

『……？　上空から黒魔が観測していたと言いきれるのは、何故です？』

『途中、ハナコ君が一発、シールドを直上に空打ちしたでしょう？　あれが黒魔君への合図ですよ。自分達の座標と進行状況を知らせもしている。

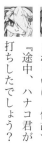

　更に言うなら、一番始め、落下中にハナコ君が叫んだりしてるのも、アレ、ワイバーン達に自分達が来たって知らせる一方、上ルート行く黒魔君に彼らが行かないよう、仕向けていた訳

ですねえ』
全く。

『途中、白魔君と黒魔君の事を認めてやれと言いましたが、撤回しましょう。
言い換えます。
――頼りすぎじゃないですかねえ、ハナコ君』
そして、

『ハイ丁度九分。
残り一分。
――条件がアタリなら、このあたりで来ますよ、フロアボスが』

「来るか……!?」
それはいきなり来た。
青空の下。壁上に広がる広大な広場にて、空から叩き付けるような落下で着地したのは。

『……!』

「さっき張り倒した群のリーダーかよ! ……フロアボスとして凶暴モードで再登場、ってか!」

▼002
『とりあえず一回
死んでみよっか？』編
「自分が死ぬこと前提で
話進んでません？」

◇これまでの話

「さあてボスワイバーンの討伐スタートだぜ！　ひょっとして、あたしが主人公？」

「アー、じゃあDE子さんがグシャアって行ったらハナコさんがアフターケアしてね」

「初日から浅間神社に回収か……、なかなか無いパターンだよな。マー、たまにはいいか？」

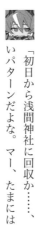

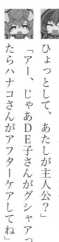

◇第四章

●

アリーナは、騒然としていた。

エンゼルステアがボスに到達したことで、エンゼルステアとメンバーのランキング上昇が確実となったからだ。

スクリーン下のリザルトインフォメーションでは、その示唆が為(な)されている。そして、

『成程！　正直、第一階層にボスがいる、ということについて、私はちょっと懐疑的だったんですよねえ。
　何しろアレだけワイバーン達がいるのに、ボスは、さて追加だとすると何でしょうねえ、って』
　でも、

『下ルートで会うリーダー格のワイバーン！　あれが手負い状態となって追って来る、というならば、これまでのボス不明報告や、上ルートでやはりボスが見付からなかったとか、そういうのも矛盾解消出来ます！』

『成程！　ではここからボス戦ですが、きさらぎさんは、どう見ますか!?』

『凶暴化してるとはいえ、ハナコ君が第一階層のボスを仕留められない訳、無いでしょう。ただまあ、油断は禁物』
　一息。

『ハナコ君、――振りなのかどうなのか、抜けてますからねえ』

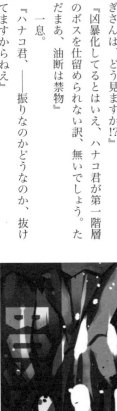

●

風が吹く高空のフィールドが、一気に荒れた。
そこに空から着地したのは、リーダー格のワイバーンだった。
大きめの30メートル級。
手負い。
そしてこちらに恨み有り、ということで、

『――――！』
睨(にら)むような咆吼が、既に周囲の石畳や大気を震わせる。そして、

「うわ……！」

自分の身が、咆吼で震えるのが解る。

「お!?　久し振りに見たな！　〝竜への恐怖〟！　それしばらく動き悪くなるから気を付けろよ？」

「食らってますよ！　どうするんですかコレ！」

「アイツよりレベル高ければ素でレジスト出来るから気にすんな！」

「自分、レベル1ですよね――!?」

はいはい、と白魔先輩が何らかの解除術式を掛けてくれる。

動ける。

そして、

「下がってろ！　限界、落ちないあたりで、こっちに応援しとけ！　見学も大事な訓練の一環だからな！」

フウ、と黒魔先輩が吐息した。

「流石に馬鹿でもレベル1に〝囮になれ〟とか言わないか……」

「それ〝外〟製のドラマとかインチキ再現番組でやってる〝実録・大空洞範囲レポート〟とかのアレじゃないかなー……」

　ぶっちゃけ観たことあります。

「ああいうのって、ホントなんです？」

《——白魔様のホストで言定状態に移行しました》

Hello!LIMITED MODE

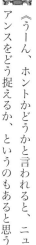

《うーん、ホントかどうかと言われると、ニュアンスをどう捉えるか、というのもあると思うかなー……》

《だよな？　例えば囮になるのも、調査隊の全滅かどうかが懸かってて、必死の戦術だったら、そうしないと駄目だろう？

　それで生き残ったり全滅して全員結晶化したりって、フツーにあるけど、その捉え方は人それぞれ。

　生き残ってもクソ戦術って言うのもいれば、全滅したのを笑い話にするのもいる》

《——でも、個人のそういう自由な捉え方って、大事なのよね。

　大体ここ、そういう人達が残ってるような場所だし。

　そういう風に言ったり言われたりしても、納得出来る人達で集まればいいんだし》

《ケッコー、自由度が高いし、受け入れの幅もデカいんですね……》

《そうそうそんな感じ。

　だから、何かあったとき、それを一つの捉え方に誘導したり、誘導されて何か言い出すのは、現場の私達からすると〝放っておいてくれない

かなー〟って処よねー》

《信じられないかもしれんが、外から移住してきた連中の中には〝死ぬのが楽しい〟ってのもいるんだ。

まあ、結晶化しても回収されるからそんなこと言えるんだろうが》

《アー、流石に自分、そこまでのヘキは無いので……》

《気を付けてね？　基本、突入中は撮影されてるし、トラブル食らった側が訴えたらオフィシャルから精査の上、調査隊にペナ掛かるからね？

調査隊を解散しても個人にペナ残るから、あまりそういうのって、起きないようになってるのよねー》

《逆に、事故とか不注意のやらかしとかでペナ入るのは、よくある。

今回で言うと、落下ループにハマって、オフィシャルからの引き上げとかやられると、ペナになる》

《ああ、成程……。気を付けます》

《オイイイイ！　お前らダベってないでこっちに戻れ！》

《アー、御免ハナコさーん》

《――言定状態を解除しました》

「オラッ！　戦闘態勢！」

言われて見ると、右手側に居るハナコにワイバーンが突っ掛ける処だった。

飛竜が高速で跳ねるようなフロントダッシュ。

更には顎を開き、

「竜砲来るぞ！」

『ダッシュしながら竜砲を撃つ余力があるとは、大型飛竜というだけはありますねえ』

『対するハナコ、前に出てハンマーをフルスイングだ――ッ！』

「そっち行ったぞハナコ！」

「行きました――ッ！　竜砲撃つ直前です！」

叫んだこちらが見たのは、ほぼ右真横。
10メートルほど向こうにいるハナコが、

「いよぉ――し!!」

突撃してきたワイバーンの鼻先に対し、瞬間的に距離を詰めた。
そこからぶちこむのは、ハンマーの水平打撃だ。
術式で強化した打撃は、正しく結果を出す。
激突音が響き、

「通った!!」

「うわ、色々な意味で凄い……」

と呟く間に、ハンマーの衝撃でワイバーンの顎がこちらを向いた。
目が合う。

『――』

「……オウッ」

「トゥクン……」

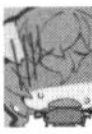

「そうじゃなくて爆圧咆吼――ッ！」

『――！』

ハナコに放たれる筈だった爆圧咆吼がこちらに来た。

慌てて自分達は退避して、

「ウワアアアア!?」

●

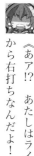

《——黒魔様のホストで言定状態に移行しました》

Hello!! LIMITED MODE

《アハハ！　悪いな！　反省しとくから気にすんな！》
《お、お前、訴えたらペナルティとか、そういう話をしているときに……！》
《何でこっち向きにフルスイングするかなあ……》
《あア!?　あたしはライオンズの田淵が好きだから右打ちなんだよ！　パリーグの一本足打法！　知らねえのか！》
《まさかここで昭和ネタとは》
《ハナコさん！　こっちに解らないネタを強要して調査隊ペナルティとか、クズ過ぎるからやめて！》
《アレ？　田淵って、楽天にそんな人がいたような……》
《おい！　付き合うな！　引き込まれるぞ！》
《何だよ知ってんじゃねえか！　後で隊室でDVD鑑賞な！》
《あ》
《？　どーかした？》
《あ、いえ、黒魔様、外界の情報を表現して宜しいでしょうか》
《は？　——あ、いや、構わない》

《――ハナコ様が　ワイバーンの　左ウイング
による　ビンタを　食らいました》

《ウワ――ッ!!》

GOODBYE LIMITED MODE

《――言定状態を解除しました》

●

ハナコが派手に転がって、しかし即座に復帰したのを黒魔は観た。

「イッテテテテ！　結晶化する処だった！」

「ハナコさん？　今、レア級の回復とかアーティファクトが自動使用されてなかった？　表示枠ドヒャドヒャ出て……」

「お前が今、猛烈に無駄遣いしたアーティファクトは、もっと下の階層で全滅食らったヤツらが死ぬほど欲しがってたアレだからな？」

「う、うるせえな！　それは全滅食らうヤツらが悪いんだよ！」

「最低だ……」

「だよね――？」

「つーか、上！　どうなんだ白魔！」

●

上？　とDE子が疑問したと同時。白魔先輩が表示枠を開いた。

「聖女さん？　そっち、どう？」

呼びかけ。

それに対し、答える声がある。やや息切れを付けた女性の言葉で、

『はい！　恐らく直上、誤差範囲5メートルという位置につけました！　もう、ホント、小型免許取ります！　決めました！』

誰だろうか。
ただ、今の台詞(せりふ)に黒魔先輩が叫ぶ。

「ハナコ！　聖女が来た！　――動くな！」

「え？」

　止まったハナコに、ワイバーンの右ウイングによるビンタが入った。

●

《――黒魔様のホストで言定状態に移行しました》

Hello!! LIMITED MODE

《お前……、モンハン下手な人かよ……？》

《動くなって言ったの、お前だよな!?　な!?　そこらへんちょっと思い出してから人を責めような!?》

《ハナコさーん……。第一界層で使ったら駄目なレベルの回復系ぶちまけたように見えたんだけど……》

《いいじゃねえかよ！　あたしの所持物をあたしがどう消費しようと！》

《…………》

《あっ！　そこのお前！　今、あたしを責めるための語彙を探しているな!?　そうだな!?　クッソ、あたしは今、イジメられている！　あたしが被害者だ！》

《あの、被害妄想してませんで、早くして下さいますと幸いなのですけど》

《あたしのせいか!?　そうなのか!?》

《いやどう考えてもお前だよ馬鹿》

GOODBYE!! LIMITED MODE

《――言定状態を解除しました》

●

クッソ、とハナコが自分達の方に走ってくるのをDE子は見た。

直後にワイバーンが追撃を掛ける。

翼の加速器で、地上とは思えないレベルの加速突撃。

それは明らかにこちらも巻き込むものだ。

……マズイ！

危険だ。もしもここで防御が成功したとしても、

「下に落とすつもりですよね……！」

「まあそういうもんだ！　駄竜は荒っぽくていけねえ！」

と、ハナコがこちらの正面でワイバーンに振り返る。そして、

「寄越せ聖剣!!」

●

聖剣。

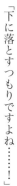

その言葉に重ねて、黒魔先輩と白魔先輩が動いた。

二人、自分達のガンホーキの腹を向かい合わせるように横向きに掲げ、

「白き籠に　白き豊穣
白き窯に　白き採石
果て白き　此処白き」

「黒き箱に　黒き報償
黒き泉に　黒き流水
此処黒き　果て黒き」

二人が同時に叫ぶ。

「――〝相反の棺〟!!」

●

直後。

大気に激震をつけ、二人の間にそれが出現した。

白と黒、流体で作られた長さ三メートルほどの巨大な棺だった。

その全体は、二人の構えたガンホーキを外殻の支えとして合致。

「――出来たぞ!!」

「ハナコさん！　早めに！」

白と黒の棺が、白魔女と黒魔女の機殻等によって宙に固定された。

だがそれだけではない。

頭部にあたる部分。

そこにあるスリットにハナコがハンマーの先端を叩き付けた。

生まれるのは鉄の響き。

衝突の火花も点いていた。

そして通神から声が響いた。

先程、聖女と呼ばれた彼女の、

『確認しました。成立の相反。境界線に、聖女から祝福を――』

声が聞こえる。

それはしかし、通神ではなかった。

……空!?

音ではなく、ただ世界に通じる声が来る。

●

境子は、宙に通る声を認識した。

『おおっと、大空洞範囲全てに響くのは――!』

と解説しようとした肩を、横から叩かれる。

振り向けば、きさらぎが、

『――』

鼻の前に右の人差し指を立てていた。

野暮だ。

それを解らせるように、澄んだという表現が重くなるほどに突き抜けた、ただ力を与えるだけの言葉が届く。

全天の晴れ
全地の萌芽(ほうが)
聖なる声は響いて止(や)まず
止まぬ響きよ届け彼方(かなた)に
——謳(うた)え世界

その言葉に、客席にいる皆が同時に叫んだ。
強く足を踏み、

「——謳え世界!!」

●

瞬間だった。DE子は直上に色を見た。

……白！

光だ。
空を上下に貫通して、一直線の線光が来た。
それは白魔先輩と黒魔先輩が構えた巨大な棺に
届き、

「……！」

硝子が割れるような音と共に、一斉の表示枠が展開した。

『届かせました！　流体生成射出を許可致します！

種別は聖剣！

生成レベルは＋２にて認可！

デュランダル級の生成が可能です！』

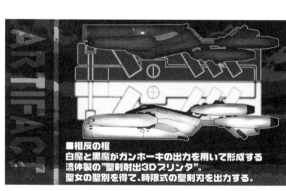

「聖剣の、……３Ｄ射出!?」

■流体式３Ｄ射出成形機〝相反の棺〟

ARTIFACT
■相反の棺
白魔と黒魔がガンホーキの出力を用いて形成する
流体製の"聖剣射出3Dプリンタ"。
聖女の聖別を得て、時限式の聖剣刃を出力する。

《素人説明で失礼致します

流体式３Ｄ射出成形機〝相反の棺〟は　調査隊ユニット〝エンゼルステア〟の使用する複合

術式で　流体マテリアルの３Ｄプリンターです
流体マテリアルに対して白魔術と黒魔術の相反成立という矛盾許容
つまり〝何でもあり〟の成立の上で
聖女が祝福を与える事によって聖別化
結果として時限式ですが、＋１～＋５相当の聖剣を射出成形します》
　言葉の通り、白と黒の巨大な棺から、軋むような、しかし竪琴（たてごと）の音にも似た音色で高速の打鍵が響いた。
　その上でハナコが、棺に宛がった柄を握り、手応えを確かめて、

「じゃあ言おうか！」
　言う。

「――我が聖剣に切れぬもの無し！」
　ハナコが棺からハンマーを〝引き抜く〟。
　警告のサイレンと、赤の鳥居型ワーニングランプをつけて棺から引き抜かれるもの。
　それは、正しく光の巨大な刃だった。

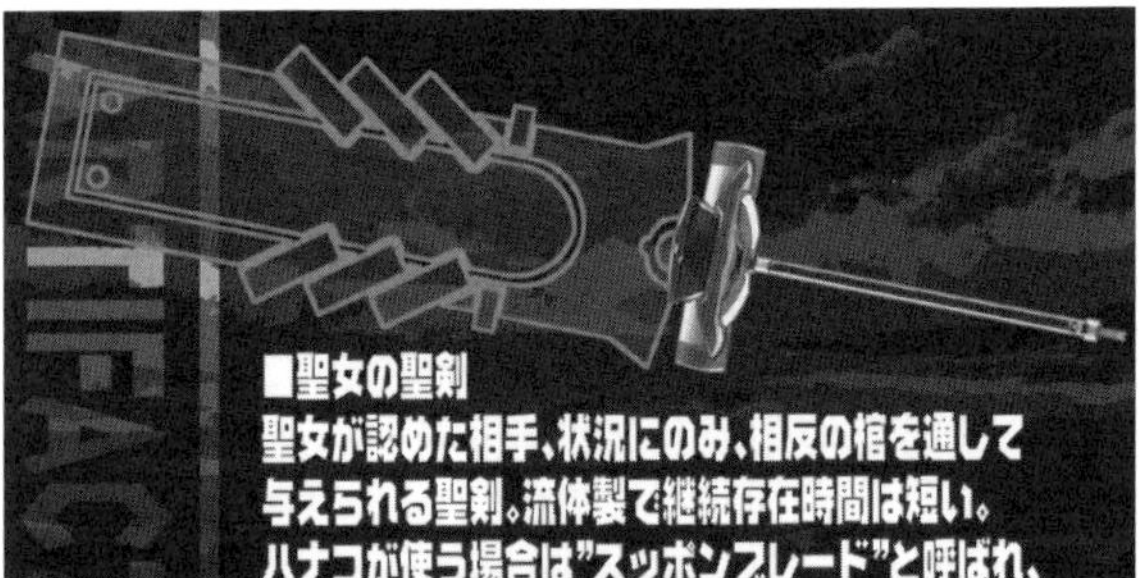
■聖女の聖剣
聖女が認めた相手、状況にのみ、相反の棺を通して与えられる聖剣。流体製で継続存在時間は短い。ハナコが使う場合は"スッポンブレード"と呼ばれ、斬られることは恥★1000%とされる。

　流体光。

この刃は本物ではない。流体で、ハンマーを柄に即席で作られたもの。
だがこれが〝聖剣〟の機能を持つというならば、

「……どういうファンタジーだ一体……」

「ファンタジーじゃなくて現代技術だよー。3Dプリンターの使い方は技術の授業で習うからね？」

「アー、まあ、聖別武装用な。短時間決戦用装備を射出成形する」

確かにその通りのものが、引き抜かれた。
ポールウェポンのハンマー。
その打撃部を鍔（つば）として、先に構えられているのは四メートルを超える光の刃だ。
それを軽く振りかぶり、ハナコが行った。

一瞬が連続する。

●

「……！」

右腕一本。
聖剣を担ぐように振りかぶったハナコが前に瞬発した。
対するワイバーンが、爆圧咆吼をカウンターする。

『――!!』

吠声（ほえごえ）が響き、DE子の周囲に抵抗術式の表示枠が散った。
同時に大棺が流体光に砕け、白と黒の魔女二人が散開。
そしてハナコが左手を前に突き込んだ。

「便所ドアアタック！」

ロングレンジのシールドバッシュ。
光の壁が勢いよく飛ぶ。
以前、ぶちこんだ技だ。だが、

『……！』

竜が対抗した。

爆圧咆吼でも、突撃でもなく、

「回避!?」

右半身を翼の加速器で跳ね上げ、シールドを右脇に通したのだ。

威力が当たらず、通過する。

次の瞬間に、巨体がとる動作は解りきっている。

振り上げた右ウイング。

その前足と爪を、鞭(むち)のような動きでハナコに叩き付けたのだ。

激震が入り、岩が散った。

タイミングとして直撃。

「――っ」

即死、という言葉が脳裏に浮かんだ。
先程までのように、ハナコが転がって、アーティファクト使用の表示枠をぶちまけるとか、そういうこともない。
死んだ。

「……!?」

死んだ。
叩きつけられた右前足の下に、ハナコは潰れている筈だ。
その場合、どうなるのか。
知識はあるが、目の前で見るのは初めてだ。

……うわ。

引く。

さっきまで話をしていた存在。

コイツは死なないだろうと、何か理由不明の安堵すら持っていた相手が、いなくなる。

その事実に、

『――!』

咆吼で、全身が固まった。

しまった、と思う余裕もない。

〝恐怖〟だ。

こちらの五体を震わす意気が、離れも止みもせずに己を支配している。

先程の咆吼で抵抗術式が破壊されていたのと、ワイバーンが次の獲物として、こちらを見据えたせいだ。

来る。

ワイバーンが、ハナコを潰した右翼を掻くようにして大きく這い、

「前見ろ！」

いきなりの声が、こちらのメンタルをアジャストした。

●

理不尽、という言葉を思った。

こっちは動けなくて、〝恐怖〟食らってるのに、前を見ろ、はないだろう、と。

だが、

「……え？」

視界が、あるものを見る。

ワイバーンの向こう。

光るものがある。

壁。

青空の下に無造作に立っているのは、

……ハナコのシールド……!?

先程ハナコがアタックで飛ばしたトイレのドアだ。

それが、こちら向きに立っている。

何故だ。

ハナコは今、潰された筈だ。

だが何故、ドアはそこに立っている。

そして何故、ドアはこちら向きに立っている。

ああ、そうだ。

ハナコは、そうするつもりで、ドアを放ったのだ。

●

己には、ある都市伝説の知識がある。

……それは——。

●

〝それ〟は、ドアの向こうにいるのだ。

●

ならば決まりだ。

今、〝それ〟は、ドアの向こうにいるのだ。

〝それ〟は、竜の一撃で砕かれてなどいない。

何故なら〝それ〟は、ドアの向こうにいるのだから。

だから決まりだ。

……どうしたらいい？

解っている。

今、いろいろな条件を満たしては居ないが、こういうとき、どうすべきかは解っているのだ。

どうしたらいいか、知っている。

選択は一つだ。

●

ドアの向こうの名前を呼べ。

●

「ハナコ――‼」

呼んだ。

その声は通り、果たして返答が来た。

「は――あァ――いィ――ッ」

●

響いた声に反応したものがある。そのフィールドにいた面々と、

『……⁉』

危険というものが解っているのだろう。

ワイバーンが、両翼の加速器を使ってその場で半回転。

尻尾を大きく流すことで姿勢制御とし、後ろへと振り向いた。

そして飛竜は攻撃をブチ込んだ。

右ウイング。

前足の一撃だ。

高速の一発は、正しく、そこに立つ光の壁を砕いた。

そのときだった。

砕かれるドアを超えて、小柄な影が飛んだ。

赤い髪、インナーカラーを黒にした長髪が宙に躍る。

その姿は刃を構え、

「ハナコじゃねえ、馬鹿」

言う。

「〝さん〟をつけろよＤＥ子スケ野郎……！　知らねえのか！」

強振。

大上段からの一撃は、強化術式によって高速となる。
対するワイバーンが、ハナコのいる空に向けて最大の迎撃を放った。

『……!』

爆圧咆吼。
宙から飛びかかる敵に対しては、距離を開けた砲撃として優位なものだ。
だが、

「言ったろ。——我が聖剣に切れぬもの無し」

聖別の刃から、幾つもの効果を示す表示枠が散った。
同時に、大剣の軌跡が空中で爆圧を叩き割る。
両断だ。
咆吼が二つに割れる。
一つは超高音の切断。
もう一つは超低音の破裂。
そして直後に、竜へと聖剣の刃が届いた。
一瞬だった。

ワイバーンの顎から胸下まで、跳躍軌道をつけた一撃が割った。
巨体の腹の下。
斬撃動作のまま着地したハナコが、振り抜いた刃を、しかし岩盤の床にぶつけない。
残身で止める。
叩き割った。
その直後に、

『——』

割れた咆吼を散らして生じた結果は、ワイバーンの崩壊である。

ファン学!!

●

「————」

声もない。
ただ散り広がる莫大な流体光。
それは滝が破裂したように広がり、

「————ミッションクリアだ！」

●

崩壊するワイバーンの流体光。
その欠片(かけら)の吹(ふ)き荒(すさ)びを浴びつつ、ＤＥ子は見た。
周囲の風景が〝開けた〟のを、だ。

「雲が……」

何故だろう。

空も大地も大気ですらも、何一つ変わっていないのだが、〝変わった〞ように見える。

「ボスを倒した分、踏破率が上がって、認識が確定したんだ。

見た目が変わらなくても、捉え方が変わる」

「白い雲や青黒い空から、遠くの雲や大気の厚みで青化した空、とか？　まだアップデートで変更された分を踏破してないから、確定１００パーセントじゃないけどねー」

そうなんですかー、と、散りゆく崩壊の欠片から、遠くに視線を向ける。

青い空。

白い雲。

そこに何か、感情を得そうになって、

「――――」

あ、自分、今、何か大事なものを思いそうになっている、と、そう感じた。

……何だろう。

目の前にある青の空と雲は、今まで見たことがないものだ。

今日、この十分ほどで、初めて見ただけのものばかり。

更には今、自分の目の前で、眼前にある風景が〝変わった〞のを見た。

認識が改変されたのだ。

それは、目の前に見えていたものが、実際にそうであったとしても、

「捉え方が、変わる……？」

何だろう。

今、途轍（とてつ）もなく重要な事に気付いているような、そんな気がする。

よく解らないままに、虚空に手を伸ばし、何か解らないまま、しかし何かを摑んだような、そんな感覚。

それは恐らく、この大空洞範囲に来て良かったな、とか、そういうポジティブな思いの起点となる何かであり、

……自分が抱えている燻りに対し、解答になりそうなことだろうか。
これは一体、何だろうかとそう思った。
解らない。
しかし、その思いは強制遮断された。

「あ！　DE子さん！」

「あ、馬鹿」

「アッ」
という三人のいきなりの声に、はっとして視界を改める。すると、

「あ」
頭上だ。そこにあるのは、ワイバーンの巨大な尾。

●

胴体部は、ハナコの斬撃を食らった上半身側から崩壊していく最中だった。

だからまだ残っている尾は、こちらの頭上に振られ、見上げる位置にあった。

胴体側が流体光として砕けるならば、尾の残存部は、保持がなくなり、

「え!?」
直撃した。

●

《――ハナコ様のホストで言定状態に移行しました》

Hello! LIMITED MODE

《と言う訳で、ＤＥ子が結晶化する直前でトークタイムな！》

《いやいやいやいや、ちょっと！　やる必要ありますコレ!?》

《大丈夫大丈夫！　３００s／1sで、頭からグシャアって行くのを外界情報取得してリアタイするのも、なかなか出来ねえことだぞ！》

《すみません。誰かこの人を――――ッ》

《アー、退出は画面に頼め。すぐ出られるが……、何か自殺幇助してるみたいだな私……》

《アレ？　……行動的にはそうなるんですかね、コレ……》

《あ、一応言っておくけど、今後、誰か結晶化するときは誰でも良いから急ぎで言定状態を展開ね？　結晶化って、つまりミッションリタイアだけど、回収されてからどうするかとか、気付いていたけど言ってなかった情報があるとか、そういうの、交換出来る機会だから》

《アー……、成程。確かにそういう使い方は有意ですね》

《一応は自動化設定にしておくんだが、〝死ぬ条件〟って意外に多彩で安心出来ないんだよな……。可能な時はマニュアルで、な？》

《うん。まあ、そんな感じで。――じゃあＤＥ子さん？　初結晶化、頑張ってね！》

《頑張るものなんかな……？　まあいいや、ちょっと体験してきます》

GOOD BYE! LIMITED MODE

《――言定状態を解除しました》

◇第五章●

「うわああ！　死んだ！」

飛び起きる。

そして気付いたのは、つまり寝ていたと言うことだ。

……え？

さっきまで、立っていた筈だ。

〝竜への恐怖〟を食らって動けなかったのだから。

だが、その後で、頭上に竜の尾が降ってきて、

「あ、死んだ……、と思ったよね」

と、そこでようやく、周囲の状況に気付く。

西日の空の下。

白の広がる色は、雲ではなく、

「……桜？」

「ハーイ！　大空洞浅間神社の桜の精霊、桜です！
　うちはいつでも桜満開、花弁回転六輪タイレル大車輪！
　そんな感じで御利用どうも有り難う御座います！」

●

桜の木の根元だ。

そこにいつの間にか寝ていたらしい。

テンション高い巫女は、見覚えがある。

大空洞範囲に入る前、境界となる中間域で諸処訓練や座学をしていたときのことだ。

この人……、人？　まあ巫女だろう。ともあれ彼女には、通神経由であるが、やはりいろいろと教えて貰ったのだ。

向こうからすれば、こちらは、何人も居る移住者の一人であろうが、

「DE子さん、お久しぶりですね！　座学優秀でしたけど、こっち来てみたらダークエルフの特性はレベル1では獲得出来ないとか、チョイと残念！　現実キビシーですね！」

「え？　こっちのこと、憶えてるんです？」

「あったり前ですよ！　信仰とか金蔓（かねづる）とか、そう言う意味で大空洞範囲内の氏子は大事ですからね！　一人一人、ねっとりと憶えてます！」

嫌な憶え方だ……、としみじみ思いつつ、北の空を見る。

北側。

そちらの空に、巨大な雲のように浮いているのが、航空都市艦・武蔵だ。

東京大解放の際、解決のために召喚された〝地脈の干渉を外れるもの〟達の一角。

《東京五大頂と呼ばれる集団の一つ〝武蔵勢〟から　大空洞範囲の地脈を管理するために送られたのが彼女　桜です》

彼女は大空洞範囲の管理者の一人であり、いろいろと世話になると聞いてたのだが、

「ともあれ今回、弊社のサービス〝リスポ〟の御利用有り難う御座います！　移住者には一ヶ月以内ならば無料で一回〝らくらくスタンダードプラン〟が御利用出来ますが、早速ですね！　初日のこの時間で使用されたのはDE子さんが初めてです！」

●

聞こえた単語に、己は反応した。

「え？　〝リスポ〟って……」

「ええ。大空洞範囲内で、おっ死（ち）んだ際、情報体として結晶化。その結晶を再情報化して弊社で自動回収するサービスです。

私が直々に〝えいしょう　いのり　ねんじる〟までやって、まあ実際は制御情報一発で解凍するんですけどね？

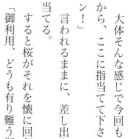

大体そんな感じで今回もサービス行いましたから、ここに指当てて下さい！　レッツボイーン！」
　言われるままに、差し出された表示枠に指を当てる。
　すると桜がそれを懐に回収して、

「御利用、どうも有り難う御座います！　一ヶ月以内でしたら継続化可能ですから、何処か暇なとき、適当に口に出して言って貰えればソッコで氏子の言霊キャッチしますんで！　ともあれ今回で〝初回死〟ですね！　おめでとう御座います！　あ、コレ、記念品の浅間神社ボールペンです。何と上の武蔵ＩＺＵＭＯの生産品ですよ！　ではこれからガンガン死ぬと思うので、宜しく御願いします」

「じょ、情報量多すぎ……！」

「アッハイ。じゃあ、何か気になること、ありますか？」
　問われ、己は考えた。とりあえず、今思うのは、

「どういうこと？」

「…………」

「……曖昧な指示されると、イラっと来るんですよねえ」

「アー、じゃあ、ええと、自分、どういう風に死んだの？」

「アッハイ！　こんな感じです！　すぐに結晶化しちゃうんで、その瞬間を捉えることは非常に難しいんですけど、今回は撮影術式の位置がよくて、ＤＥ子さんのグチャアってなったのが３フレームだけ撮影出来てました！」
　見せられる。
　が、画像の内容に対し、ちょっと鼓動が早くなってしまった一方で、

「モ、モザイク掛かってる……！」

「え!?　アレ？　すみません！　さっきまでは素で映像残ってたのに、今はモザってＣＥＮＳＯＲＥＤですね！　武蔵にいる心の御父(おとう)さんみたい！

——あ、でも、通神帯には素の画像が裏で出回ってるみたいですね！　鍵掛けサイトも浅間神社権限で御開帳！　ほら！　特に動死体系の憑現者さん達や、蛮族、殺人鬼系の憑現者さん達から高評価です！　何と星三つ!!　☆☆☆！　こんな大量のシェア人数、なかなか無いですよ！　あ、ほらほら、凄い勢いで同感いいねがついてるコメントあります！」

●

《ＨＮ〝血色の月・元服済〟様のコメントです》

『☆☆☆：私、血の気が無いっていつも言われるタイプなので、今回、褐色系の方は初めてでドキドキしました……。しかも巫女転換とか、盛り過ぎです……。困ります……。画面と目を合わせられなくて、もう、墓に入って叫びたい……』

●

「凄いですね！　後半ポエムですよ全くウブですねえコイツゥ！　——そんな感じで初日から多くの人達のハートを鷲掴(わしづか)みですよＤＥ子さん！　良かったですね！」

「よくない——ッ！」

心底から困る。

すると桜が、別の表示枠を出して来た。

「ま、上位の方からも高評価ですよ？」

は？　と見たのは動画で、映っているのは学校のアリーナだった。

画面がメインとしているのは実況席。
そこにいる白髪の女生徒が、横の黒白髪の女生徒に言う。

『――いいですねえ。最後、ダークエルフ君……、DE子君？
でしたっけ？
彼女が死んだの、アレ、事故ですけど、エンゼルステアにとっては一番の収穫じゃないですかねえ』

は？　と、自分はその動画を見た。
今、周囲は夕刻。画面内はあのミッションの直後なら午前中だ。
つまり録画。その中で、解説の白い学ラン姿が言う。

『初回で初結晶化、実はなかなか無いんですよね、実力者パーティだと』

●

『おお？　突入メンバーが一人欠けると、ポイント査定で響きますけど？　それでもエンゼル

ステアにとっては収穫になるんですか？』

『場合によっては、ですねえ。
――今回のように、初心者メンバーが追加された場合、私達なんかも、調査隊内部のミッションとして〝新人に一回死んで貰う〟っていうのを想定しておくんですよねえ。
でもまあ、無理にそれをする訳にもいかず、私達ほら、上位陣は、かなりの確率でエスケープ出来てしまうので、新人さんがなかなか死なない』

『た、確かに！　何か難しいですね！　でも、言い方悪いですけど、そんな風に〝死んで欲しい〟って言うのは、何でです？』

その問いかけに、己は思い出した。

第一階層に突入する際、確かにハナコが言っていたのだ。

……ミッションとは別で、ノルマを二つやる、って。

今日出来るとは思わないが、と、そんな事も言われていたのだ。

恐らく、その一つが〝死ぬこと〟だろう。

そしてその理由は、

『この大空洞範囲の中では、外的要因で死ぬと情報体として結晶化します。

それを利用したサービスはいろいろありますけど、厳密に言えば、私達は〝外的要因で命を失うことがない〟。

最近まあ、例外もチョイとありましたが
――』

と、彼女が軽く手を広げて挙げる。

『死は、警戒すべきだが、怖れるものではない。
――しかし移住者や、それまで結晶化したことがない者は、結晶化することを避けようとする。
結果として、どうなるか』
言われた。

『――新人さんは、死ぬほどでもない状況で、選択をミスすることがある。
特に、――ミッションのクリアが掛かった状況では、それが発生しやすくて、更には――』

更には、

『──つまり私達を、新人さんのミスが巻き込むことになるんですよねえ』

●

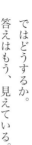

『……死は警戒すべきだが、ですか』

『隣り合わせ、ってヤツですよ。
リスクが二つあるの、解ります？
一つは、死んではミッションクリアが出来ないかもしれない、ということ。
もう一つは、死を怖れて、死よりも酷い状況となってはいけない、ということ』

ではどうするか。

答えはもう、見えている。

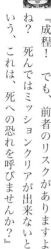

『一回死んで、死を怖れず、警戒するようになれば、後者のリスクは大きく下がるんです』

『成程！　でも、前者のリスクがありますよね？　死んではミッションクリアが出来ないという、これは、死への恐れを呼びませんか？』

『死んではミッションクリアが出来ないのは、当然でしょう？　ただ──』

彼女が笑った。

『相打ちクリアとか、クリアして重傷で結晶化とか、試合に勝ったけど勝負に負けた、みたいな〝勝ち方〟もあるんですよ』

いいですかねえ。

『大事なのは一つ、──死すらも以て全力を尽くせ、と、そういうことです』

一息。

『だからDE子君の場合、ここで一回死んでおくと、次、死ぬことを忌避しても〝まだ死んだことが無いから〟という躊躇いが無くなる。

これはエンゼルステアにとって大きな凄いアドバンテージなんです。

しかも初回というのがいい。

遅くなればなるほど、実力に対して変なプライドや錯覚が生じやすいですからねえ。

──だからエンゼルステアが今回得た収穫の中で、最も大きいのは、新人育成として、上位調査隊が、実力あるからこそ難しい〝新人の初回死〟を出来た事じゃ無いですかねえ』

●

そういうものか、と己は思った。

「死んでみる意味がある、ということかな……」

「ええ！　ゴリゴリ死んで、うちのサービスの御利用御願いいたします！」

「そういうことじゃなくてね!?」

ただまあ、不思議なものだ。

立ち上がって自分の姿を見ると、装備も死んだときそのまま。

さっきモザ画像を見たというのに、

「意外と設定がガバい……？」

「あ、おっ死んでから即座回収だからですよ！　情報体に変換される際、ある程度の逆回しが利くんで。そこらへん、民間だと再構成サービスとかで本体だけにすると、全裸放り出しとかになるから、やっぱ契約はうちがいいですよ！」

全裸困るなー、としみじみ思う。

何しろ女性化しても、自分の身体の変化には未だにちょっと馴れていない。

ただまあ、今回の事で、思い出すのは一つの光景だ。

ハナコにしろ、白黒の先輩にしろ、こっちが死ぬ瞬間、言定状態に入る前は明らかに慌てていた。

死ぬことがノルマになっていたが、死ねと望まれていた訳では無い。

「……うん」

何となく、先輩衆の、死についてのスタンスも解った気がして、安心。

「ええと、じゃあ、帰ろうと思うんですが……」

「お？　復活したっていうから迎えに来てやったぞー」

ハナコが来た。

そして帰宅。
浅間神社があるのは、学校の南側だった。国鉄の線路。青梅線（おうめせん）を渡ってすぐの位置。

「お前、住居は？」

「東中神？　そこと中神駅の間にあるマンション？　そこです」

「アー、線路向かいが小学校のあたりか。アパートの通路に壁作ってマンション言ってるタイプのアレだな。学生用にアパート貸すとろくなことにならんって言うんで、そういう行政と大家が折衷案出してんだよな」

「自分ヤバい処住むんです？」

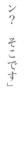

「気にすんな。あのあたりは顔見知り多いし、ケッコー安定してんぞ。
　一番ヤベエのは学校だからな」

アー、などと言いつつ遠くに見える夕日に向かって歩く。
夕日は、川に映っていた。空。遠い天上に、川が流れているのだ。

「地下東京のこういうの見るの、初めてか？」

■地上東京　地下東京
《素人説明で失礼します
地下東京は地上東京の重層都市で　元々は第二次大戦の東京大空白襲で国立以東が二重化したのが始まりとされています
それが東京大解放の際　東京が受けるダメージを緩和するために完全重層化
地下東京は数値的には地上東京の地下20キロの位置にあるとされ　地上東京の底裏面を天井としています》

「東京大解放の前は、地下東京から〝空〟を見ようとしたら、天井を流れてる川を通してしか拝めなかったってな。
　それが今は、かつて地上東京にあった変なも

のの大半はこっち来てて、裏東京みたいになってんのは面白え話だ」

　見ていると、空に向かって光の縦糸のようなものが幾つもある。

　あれは地上東京を支える柱であり、
「地上東京の物資や人員交換、移動のエレベーターなんですね」

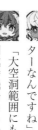

「大空洞範囲にも何本かあるな。天井側にも中間域待機場あるから、ストレートに行き来は出来ねえけど」
　そんなことを話しつつ、自分は思う。

……あれ？　意外と、フツーに話せてる……。

●

　ああ、と自分は感じた。

　ここ一月ほど、激変した地元の扱いや、中間域待機場で教員などを相手にしていたから〝フツーに話す〟を失っていたのだ。

　今、自分はハナコとフツーに話しつつ、歩く。

　先輩格とそれが出来ているのは、初日にしては上出来だろう。

　歩いている右手側、学校がある。

　自分達の学校とは違い、

「フツーの学校です？」

「え!?　——ああ、昭和高校な。都立高だ」
　言って、通り過ぎていく。野球部だろうか。校庭での練習や掛け声が懐かしい。
　そしてハナコが言った。

「あたしん処、この道真(ま)っ直(す)ぐ、東中神の商店街だ。くじらじゃなくて江戸街道の方で〝餃子(ぎょうざ)中毒〟って店な。略してギョーチューって言われてる。

——笑えよ！　ここが一番面白い処だぞ」

　無茶言う……。

　しかし話がよく飛ぶタイプだ。

　そして今までもだけど、よく笑う。

　だから己は、何となく問うてみた。

「――ハナコさん、地元なんです？」

「――え？　ああ。東京大解放の前から家はそこだよ。親の話だと、東京大解放の前も後も餃子握って焼いてたらしいんだが、落ち着いたと思ったら穴が開くし、そこからいろいろ出て来るし、ここは怪異が多発して激甚災害指定だよ」

《２００３年のことですね》

●

「最初に大空洞の調査に入ったのは、うちの親世代だ。
　そして解ったのは、大空洞の最下層には〝母無き母〟って存在がいて、そいつに謁見すると、何でも願いを叶えてくれるって事と、会うたびに大空洞が大規模化の更新されるってことだった。
　当然、幾つもの国家や組織や企業帯が目を付けてな？」

「母無き母……」

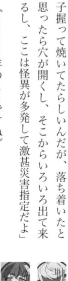

中間域待機場の座学では、聞いた憶えがある。成程、と納得した憶えもある。だけど、

「……アレ？　思い出せない？」

「伝詞封印だ。――多分、座学したということは記憶に残ってるけど、そこで習った内容は封印されてる。
　中間域も外と繋がってるから、漏洩を防ぐためだろ」

《そうですね　座学内容は　字限封印よりも上位の伝詞封印がされています
　――無論　その内容について　大空洞範囲では自由に扱えますので　私から情報を開示しましょう》

■母無き母
《素人説明で失礼します
母無き母は　自らを事象封印した存在で　東

京大空洞最深部にいる固有種と考えられています
　事象封印ゆえ　邂逅(かいこう)の記憶は残りませんが情報や痕跡の概要を究明することで　ある程度の理解が進められています
　主な特性は二つ
　一つは　東京大空洞　及び各中空洞　小空洞そして大空洞範囲のあらゆる事象の実質的支配者　管理者であること。
　もう一つは　母無き母に邂逅した巫女の内一人の願いを叶えた後　大空洞が全域拡大　更新されるということです》

「……何となく、特性二つって言いながら、二つ目が特性二つ分じゃない？」

《お役所仕事なもので
　御意見御座いましたら中央大空洞範囲自治体総務課が受け付けておりますが　開きますか？》

「いや別にそこまでは……」

　まあそういうのが最深部に居る、とハナコが言葉を続けた。

「〝母無き母〟に会うには〝巫女〟でなければいけねえ。

巫女＝憑現化している女。

　それが条件だ。
　大空洞の影響で、大空洞範囲の人間は皆、怪異か？　憑現化させられて、でも、巫女転換でも女性化出来なかった男連中は、憑現に対して適正すぎるため、憑現深度が深すぎて、下手するとモンスター化だ」

■憑現深度

《素人説明で失礼します
　憑現深度とは憑現化の進行度です
　２００８年の規定では深度１～５まであり深度５は完全化を示します。
　女性は巫女としての存在を保つため　完全化せず　深度４が上限です。
　男性は巫女になり得ないことと　憑現化に〝向いている〟特性があるのか　必ず深度５に

至ります
しかし　前者の〝巫女〟条件が引っかかるのか　高度な特質や憑現力を発動しません》

「あ、自分、深度2って言われたな……」

《2度は形質が憑現化した程度ですね　レベルを上げて特性や表現力が発動すると3度に至ります》

「あたしも深度3上位、って処だ。——でもまあ、何となく解ったろ？　擬人化＋マジホン都市TOKYOって感じなんだよ」

「言い方……」

《立川警察の触夫氏などは、代表的な存在です》

「男性の方が憑現化に向いてるってか、ヒーロー気質？　そんなものらしいんだけどな。大空洞範囲では巫女になれるかどうかってのが大事、ってのが面倒な話だな」

「じゃあ自分も、もし巫女転換してなければ……」

「川崎で、何か、別のものになってたかもな」

まあそうじゃねえんだ、とハナコが言う。

「政府が各国の軋轢で動けなくなってた中、一部の出来るヤツが、立川の代表団にアドバイスした。

超国家存在に此処をまかせるべきだ、ってな」

それが何かは解っている。今も東京の空に見えるのだ。

前世紀の終わり、世界が壊れるのを防ぐために召喚された存在。

東京大解放を行った東京五大頂。

「〝地脈の干渉を外れるもの〟……」

●

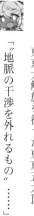

「そう。東京五大頂。厳密に言えば、頂の一角は東京圏総長連合をメインとした地元勢力だか

ら、残りの四大頂が〝地脈の干渉を外れるもの〟だな。

その内、実力的には最強って言われる〝神★〟の連中を除き、三頂が介入した。

まあいろいろドンパチあったらしいが、三頂の一角、UCATがいろいろチョロまかして、地主と一緒に大空洞入り口周辺の土地を買い取ってな。

大空洞を封鎖処理の上、上にあった学校を経営再開して今に至る。

武蔵勢がいるお陰と、〝巫女〟の教育のため、学生自治の後押しも今まで以上に効いた、って感じだ」

「何でそんなことしたんですかね」

「――世界が再び壊れかける際、助力になるものが生み出せるかもしれねえって、そういう話だ。
〝母無き母〟だって世界の崩壊は防げねえだろうけど、そのために戦う馬鹿向けのアーティファクトをくれるかもしれねえからな」
だがまあ、とハナコが言った。

「それもあたし達の親世代の話だ。

――もう二十年近く前。前大戦で考えるなら、今は高度経済成長期、ってな？

それなのに武蔵やUAHなんか、あんなデカ物振り回すのに地下東京に居座ってやがる。

――余程、この大空洞範囲が危険だと思ってんだろうな。あたし達がそうはさせねえってのに」

ああ、と己は一つの過去に納得する。

「だから移住の際に言われたんですね、スローライフだとか。
突入前にも、白魔先輩が、気楽でいいから、みたいなことを」

「アイツそんなこと言ったっけ……。まあいいや。大体そういう感じだ。いろいろ勢力いて面倒くせえけど、何もかもが〝これで日常〟な？」

ハナコが、軽く伸びをする。

改めて気付くが、小柄だ。自分も１６０センチ無いが、彼女は１５０あるかどうか、だろう。

それが戦闘では派手に動くのだから、

「レベル、どんくらいなんです？」

「あ？　あたしはカンストしてんよ。30。今は上限解放に向けて経験値タメつつ、スキルとかのレベルアップだな。ハンデ関係も対処しないといけねえし」
ああそうだ。

「明日はお前、学校行って初授業受けとけ。今日はＲＴＡのランで潰してるからな。
それで明後日(あさって)、お前のレベルアップ処理するぞ。うちの連中、来れるヤツら集めて、顔合わせだ」

■レベルアップ処理

《素人説明で失礼します
レベルアップ処理というのは、大空洞範囲内全住人が持つ〝情報体として数値化された能力〟を　レベルアップによって上昇させる公的手続きです
現状では最大レベル30ですが　この上限値は大空洞の影響によるもので　内部攻略が進む今近々二度目のレベル上限上げがあるのではないか　とされています》

「自分、レベル上がるんですかね……？　結晶化してんのに」

《初結晶化のボーナス経験値がありますし　充分上がってますよ
キャラシート見ます？》

FanGaku STATUS

名前：DE子　　レベル：1　　経験値：195

●ユニット：エンゼルステア

●種族：人間　　●憑着物：ダークエルフ

●出身地域：日本　　●生活場所：駅前

●所属：東京大空洞学院　　●スポンサー：未決

性別：女　背丈：中　体格：巨　年齢：（15歳）

性格：明るい、前向、犬

戦種レベル：Nowork

神奏（信奏）レベル：神道1

●感情値（行動時の態度）

喜：7
怒：4
哀：4
楽：2
冷：5

●統括スキル（第一選択、累積使用不可能）

STR：力：4
INT：知：5
AGL：速：6
DEX：器：4
WIS：識：5
PIT：信：5
CHR：導：4

容姿

●専門スキル（第二選択、累積使用可能）

■戦闘系　闘術：4　剣術：　刀術：7　槍術：4　斧術：　槌術：
鞭術：　投術：3　弓術：3　射術：　舞術：3

■防御系　防御：6　回避：3　免疫力：3

■行動系　力技：5　登攀：2　疾走：1　曲芸：　分解：　構築：
解体：5　建造：5　ステルス：3　操縦：6　調理：3
応急処置：5

■知覚系　聞耳：3　発見：　嗅覚：2　気付：2　度胸：　交渉：6
術式発動：5　合一：　表示枠：4

■知識系　運転：5　一般：8　博学：2　大空洞：3　外界：5

■深化専門スキル

●INV：16　行動順番：01.02.03.04.05.06.07.08.09.10.11.12.13.14.15.16.17.18.19.20

●攻撃力：　／　●防御力：　／

●HP：重傷値：2／2　軽傷値：13／13　致命条件：4

●拝気：内燃：16／16　外燃：17／17

●必殺技：

●術式：

▼所持品

●総ペナルティ：

●所持金：現在　／月収 42000

見ると確かに経験値が増えていた。

「このキャラシート、ホントに使えるんだ？」

「大空洞範囲に入ったら情報体化されてるって意味、解ったか？
明後日、午前の内に済ませちまおう。
それまで手を付けるなよ？ クラスの連中のアドバイスとか聞かず、出来るならチュートリアル以外のコンソール開くな」

「何だか厳重な……」

「ぶっちゃけ、初心者殺しみてえなダメ仕様多いんだよ。
下手すると今日みたいなのもう一回やらねえと駄目になる」

「アー……、それは避けたいですねー……」

でも、と己は言葉を挟んだ。

「明後日の授業は？ まだ金曜だから、フツーにありますよね？」

「制服着て調査隊の作業やってりゃ、公休扱いだ。憶えておけ。私服が少なくて済む」

「それずっと調査隊の何かやってろ、って事ですよね」

「そうなるそうなる。――生活基盤が大空洞とか他の各空洞類なんだからさ、ここは。
つまり大空洞っていうデカい農場や鉱山があるようなモンなんだよ」

言われて見ると、何となく納得出来る。
それはやはり、一回大空洞に飛び込んだからだろう。

……見知らぬものばかりだよな。

この感想は正しくて。
だからこそ、大空洞とそこから得られるものが、〝外〟に対しての駆け引きに使えるのだろう。

そして、

「……自分もその住人か……」

「お？　そういうなら、こういうの、これからたくさん出て来るから、覚悟しておけよ？」

言われて、何かと思った。

「こういうの……？」

何だろう。自分達は今、道を進み、大きめの十字路に出たばかりだ。

だが何となく、違和に気づいた。

「……あれ？」

背後だ。

先ほどまで部活の練習や掛け声が聞こえていたのに、消えている。

どうしてかと思って振り向けば、そこにあった高校は、

「——病院!?　いつの間に……！」

●

「後ろの正面だあれ、ってな」

一瞬息が詰まった己の横、ハナコが笑う。

「はは！　歩いてて、いきなり高校の話を始めるから、焦ったぞ。

あの高校、ってか西多摩の高校や大型施設は、東京大解放の際に避難民や負傷者を受け入れる場所になってたんだよ。

特に学校は施設の形状的に野戦病院化した。

結果、幾つかの学校は公共が役目を変えてそのまま地域病院化。

学校は統合的なものが幾つか新設され、——その一つの下に大空洞の入り口が開いちまったんだよ」

「じゃあ、さっき、自分が見たものは……」

「この土地の〝残念〟が、新入りなら騙せる……、というか、こう思ったんだろう」

それは、

「思い出せないだろうけど、忘れないで欲しい、ってな」

「……フクザツな土地ですね」

「あたしが迎えに来た意味、解ったか？」

無茶苦茶解る。

自分だけだと、中神方面に行こうとして、下手すると何処かに飲み込まれていたかもしれない。

今、横断歩道の信号は赤。

通る車両は、野菜などの輸送トラックが多いが、

「——あ！　ハナコ！　お前、今日は——、ってオイ！　通り過ぎるな——ッ」

何か声と共に通過していく装甲トラックの群。

乗っている隊員達が手を振るのは、こっちに

ハナコがいるからだろう。

●

あの、と自分はハナコに声を掛けていた。

「ノルマを二つやるって、言いましたよね？　一つは、死ぬ事だと思うんですが」

「アー、きさらぎの野郎が偉そうに言ってたの聞いたか――」

いやまあ、と己はそこに話題を向けないようにする。

聞いておきたいことがある。それは、

「もう一つのノルマって、何です？」

「ンンンン？　ソレ、お前は自分で気付くと思うんだよなあ」

「？」

あのなあ、と、ハナコが言う。

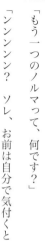

「お前、確か、……図書館からアリーナに踏みこむとき、言ったろ？　――ここにいればァ、私はァ、終わらないんですねエ、って」

「真似（まね）しなくて良いですよ！　似てないし！」

「いや、あたし自身が言うの照れるわ、ああいうマジ語り」

でも、

「お前のソレ、ここで生活するための、外からの〝押し〟なんだよ。今のお前がここにいる理由って、〝外〟にはそれを思わせるものが無かった、ってことなんだ」

●

「……あ」

気付いた。

言われて見ればそうだ。

「〝ここにいればァ〟って、そういうことだ。

別の処を比較にしてる。……まあ、あたしゃ、お前が地元で巫女転換と憑現化食らって、どう考えてるかとか、解らねえけどさ」

でもまあ、
「ノルマってのは、アレだ。
――大空洞範囲の生活の中で、何か、〝引き〟になるモンを見つけろよ、って、そういう話だ」

「〝引き〟?」
ああ、とハナコが言った。

「――それがあるから生きていける、ってヤツだ」

●

あ、と己は思った。
錯覚かも知れないが、似たようなものを、感じ掛かった。

「……あの、今日、ボスを倒したとき」

「ああ、何?」
そうだ。
あの時だ。
世界が何か、変わったように感じられて、それは認識の上位化だと知ったのだが、あのとき自分は、何かを掴みかかった。

……自分の燻りに対して、何か、応えになるもの。
それは何か。
解らない。だから己は、口を開いた。

「……あのとき、上手く言えないけど、何か、安心とか、理解したいってのが、あったように思います」

「そっか」
と言うハナコが、いきなり前に出た。

「じゃあ、行くぞ」

気付けば信号が青になっている。

否、立ち止まってから結構話したのだ。これまで幾度となく赤と青を繰り返していたろう。だが今、青になっていることを認識したのだ。

自分も前に出る。

ハナコの後を付いていくことになる。

「お前のソレ、何だか解らんし、ホントにそれがアタリかも解らねえけど」
言われた。
振り返ることないまま、

「そういうの探しつつ、気楽にやっていけるなら、あたし達も頑張った甲斐あるわ」

そうですか、と己は頷いた。
何だかまあ、かなり荒っぽい人で、高確率で馬鹿な気もする。
黒魔先輩とかマジでそう呼んでいた感もあるのだ。
だが、こっちを気に掛けて、話を聞いてくれて、

「……ハナコ、先輩？」

「馬鹿、疑問形で言うんじゃねえよ。それに——」
彼女が、笑って言った。

「ハナコさん、だ。覚えとけ。
——ピンチになったらドアに叫びな」

——忘れないで欲しい　ってな

◇あとがき

「……キレイに終わったな……」

「いやいやいやいや」

「汚く終わって欲しかったのか？」

「それもどうかと思いますけど……、ともあれ今回、この本の仕様を叶えるのに多くの人の協力を得ましたわ。どうも有り難う御座います。あと、こういうのが出来るのも読者の皆様の応援あってこそですわね。
　重ねて感謝致しますわ」

「ともあれ何をあとがきのネタにしよう」

「昨夜食った飯とか……」

「そんなものに2ページ分の代金払う読者の身になれよ」

「大体食うもの毎日ほとんど一緒ですからね……」

「あ、そういやアレ買った」

「何です？」

「PC-98DO+」

「ホワッツ？」

「アー、90年代のパソコンだからDE子さん知らなくていいよ？」

「おいおい〝知らなくて当然〟じゃなくて〝知らなくていいよ〟とは何事だ！」

「お前、人とコミュニケーションするつもり無いだろ。読者から〝解らないネタで盛り上がられても困る〟とか言われるぞ」

「待て！　コミュするつもりあるぞ！　だってほら！　88と98の話題が出来るんだから二倍のコミュニケーションだぞ！」

「どういうことですの？」

「この馬鹿が読者を二倍遠ざけようとしている」

「しかしぶっちゃけ、実は大空洞でのドロップ品はそういう骨董系アーティファクトも結構あるし、需要もある」

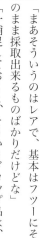

「そうなんですか!?」

「ああ。何しろベースは１９９９年の東京であり、全世界だ。そこにあったものや〝印象〟または〝イメージ〟などが貪欲に食われ、ミキシングされているらしく、行方不明者の遺品なども見つかることがあるため、ドロップ品に対しては、大空洞の内側よりも外からの注目が強い」

「まあそういうのはレアで、基本はフツーにそのまま採取出来るものばかりだけどな」

「一補足しておくと、そういうドロップ品は、情報体として獲得するの。結晶みたいになってるから見れば大体解るかな。持ち帰って鑑定ね」

「何かいろいろありますけど、こういう話を振っていくのがありかもですね……」

「ともあれ今回、作業ＢＧＭは〝Utah Saints Take On The Theme From Mortal Kombat〟。映画モータルコンバットのテーマですけど、新作ではなく95年度版ですわね」

「じゃあいつものアレは〝誰が一番変化を待っていたのか〟ということで。そんな感じで以後も宜しくね」

令和六年残暑厳しい朝っぱら

川上(かわかみ)　稔(みのる)

正解の道があるとして
しかし私に与えられたウォークスルーは
面倒の道を示すだろう

――おはようございます！　文章作成ＡＩの〝美彩ＰＬＵＳ〟です。

依頼者様から、〝序幕と第一章冒頭〟の情報が不足しているのでは、という疑問が提示されたため、一部補完情報を追加します。

整合性の面については、各自行って下さい。

では、〝序幕・第一幕冒頭〟の追加情報として〝悪夢の描写〟と〝牛子と出会うまで〟を作成します。

☆〝序幕・第一幕冒頭〟Retake... START!!

▼序幕

●

夢を見た。
青黒い空の下、霧のような雲がある。
そして己が立つ場所も、地平の遥か向こうまで、ずっと真っ白な霧雲がある。
他は、何も無い。

「これは……」

解らない。
誰かが居るのかも知れないが、自分の視界には見えない。
ただ白の地平が有り、声を出したとしても、それは吸い込まれるように消えてしまい、

「――――!」

何だここは。
自分は、ある。
もし他にあるとしたら、時間だろう。
でもここには太陽も月も無く、風は吹いているようだが、温度は感じない。
そして、

「何だよ、一体……」

雲の上、天国とか極楽とか神の世界とか、そういうものに条件的には似ている。
だが自分がここで今、感じているのは、

「――――」

●

解らない。

●

今、自分が何を感じているのか。この場所、見える光景、そこにある自分自身、それら全てに対する感想を、どう思って良いのか、解らない。

否。

解らないのではない。

解りたくないのだと、自覚する。

何故なら、己も、この場所も、いつかですら定かではない、この白の地平にいるのだ。

たとえば、ここには、誰もおらず、この地平が、永遠に続くのだとしたら、

「――――!!」

その先を、考えてしまいそうになった。

●

どうなのだ。

もしもこれから先、ずっと〝このまま〟だとするならば。

そして、その事実を受け入れてしまったら、

……己が、おかしくなってしまうんじゃないか。

ただただ何も無いように見える場所。

綺麗で、清潔で、澄んで見えるが、しかしここは何も存在が許されないだけの、絶望にも思えるのだ。

ならば、

「ああ」

自分は、どうすればいいのだろうか。

何もかも解らなくて、解ろうとすることにすら絶望の危険を感じる。

そんな地平を前に、己は、どうすればいい。

●

と、そんなマジな夢を見て、自分は飛び起きた。

「うわあああああ!?」

何だ今のは。

全く解らない。やたら記憶に残っていて、

「し、白の地平……?」

呟いた言葉で、光景が目の前にフラッシュ

バックする。

「――――」

やめよう。悪夢だこれは、きっと。

何だ白の地平って。ちょっと格好良い気もするが、よく考えるとカップ麺のネーミングに似ている。

「〝白の地平〟と〝黒の水平〟！」

そんな感じだ。

うん。

ちょっと落ち着いた。

ユーモアは大事。

強がってる気もするが、凌いだとも思う。

「大丈夫だ」

いつもの日常生活を送れば、すぐに忘れること。だからそうだ。今は春先。中学校最後の三月、早咲きの桜でも見に行こうと、そんなことを昨夜考えていたのだ。

だから着替えて、ああ、時刻は朝八時。両親も起きているだろう。それなりに身支度を調えて、

「ん？」

ベッドから起き上がって、入り口の姿見を見たとき、自分は気付いた。

「…………」

おかしい、と、そう思った。

いつもはそこに、日に焼けた男子中学生が映ってる筈なのに、

「……え？」

寝間着のジャージをめくると、いつもと違うものが見えた。それはつまり、

「何で自分、ダークエルフ（女）になってんの!?」

▼第一幕

◇序章

●

「――行こうか」

駅前から学校へと、ダークエルフは歩き出した。

●

青い空の下で、白い桜が散っている。

舞う桜の広がる街の中、多くの人影が行き来する。

道。

ガードレールの下や間に幾つもある雨上がりの水溜まり。

誰もがそれらを避けたり踏んだり、飛んで行ったりする。

その多くは、学生服だ。

女子ばかりであった。

幾種類かの制服は、それぞれの形や色に応じて、街を行く方向を定める。制服の近くに揺れる非実体式の校章プレートの示す場所が、各員の行き先だ。

そんな中、不慣れな足取りの自分が水たまりに映っている。

「――――」

白のセーラー服を着た姿。

水溜まりに映る影は髪を白に、肌を黒。

その長い耳をカバーするカウリング。それを見たのか、前へと、後ろから追い抜いていく女子衆が小さく呟いた。

「――ダークエルフ？」

「アー……」

通学中のダークエルフは思った。

ええ、そうです。ダークエルフです、と。

実の所、己の憑現は、かなり珍しい存在だと聞いている。

……ＳＳＲより上くらい？

そんなことを思っていると、顔横の空中にコンソールが出た。

表示枠。

どこでも出せる非実体式タブレットだ。

地元でも使えたが、ここでは無制限に何処でも使えるし、設定も多彩。

今も自動で案内をしてくれる。

《市街での行動開始と認識しました》

「――おお、今日というか、今朝から監査離れて生活開始だけど、ここからチュートリアル開始？」

《はい　監査側から限定解除指示が入りましたので　大空洞範囲に正式転入したダークエルフ様に　今後は逐次　諸処案内を行います
頻度を変更しますか》

「普通で」

《ハイ　普通入ります》

その応答でいいんかな……、と思うが、ローカルルールなんだろう。

ともあれ表示枠に周辺地図を表示させ、それを見て歩く。

行き先は、他の生徒と同様、制服の近くに揺れている非実体式校章プレートの示す処だ。

「東京大空洞学院」

言うと、表示枠の中の地図がアジャスト。

今自分が居る位置と方向を取り直す。

そして自分は、地図を前に歩いて行く。

行き先は知ってるので、地図を見るのは意味の無い行為だが、周囲の視線が少しは気にならなくなる。

周りの学生達も、こっちが不慣れな者だと解るだろう。

……ナリが目立ち過ぎるよねー。

ダークエルフ。

だがそれは自分が望んだことではない。

何故なら、

……朝起きたらダークエルフになってたんだから!!

●

実家は川崎だ。

両親健在、弟有り。

自分は長男。

それが高校一年となったこの春。朝起きたらダークエルフになっていた。しかも女。

「え!? これだと学校行けないよね!?」

まず驚いたのは親だった。

そりゃそうだ。

朝、部屋から出て来た息子がダークエルフのパッツンパッツンした女になってたんだから。

平然としてたら怖いだろう。

第一の反応は、こちらのことを息子の彼女か何かと勘違いして、

「まあ! うちの子が一晩御世話になって! パッツンパッツンね!」

擬音が好きな母であった。

●

《パッツンパッツン を単語登録しますか?》

「いや、しなくていいし、回想に介入しなくていいよ?」

《パーソナル表示枠は貴女の生体反応とリンクしておりますので　御容赦下さい
キモい場合は一言そう仰って頂ければ　と思います》

「言った場合、どうなるの？」

《いや何も別に——言う権利が貴女にあることを教えただけです》

画面に右ビンタをブチ込んで三回ほど回した。

●

ともあれ実家では〝長男がパッツンパッツンのダークエルフになった！〟と大騒ぎになったのだ。

一回、地元の拠点病院で検査をして貰ったのだが、医者が言うには、

「うーん、何処から見ても数値を見てもパッツンパッツンのダークエルフだねえ」

「すみません。擬音は必ず着くんですか？」

着くらしい。ともあれ母が言うには、

「東京大解放の頃は、そういうのも各地で起きていたのよねえ」

■東京大解放

《素人説明で失礼します
東京大解放は１９９７年７月に東京で生じたとされる世界改変です
神田　時間を司る時計台を巡る抗争は東京大封印という事態を発生させましたが　多重時元からの助力もあり　世界全体を改変することで今の状況となっております》

表示枠の言う〝改変〟が自分の身に起こってみると、よく解る。

「周囲の扱いも変わるし、何より自分が超慌てるわー！」

いろいろ調べて貰った処、自分のコレは、転生とか入れ替わりとかではなく、憑現化というらしい。

《貴女の場合　ダークエルフの憑現が〝合った〟のですね》

「何でそうなるのかが解らんってのが、アレだよね。

——前夜に見た〝白の地平〟の夢が原因かな、とも思ったんだけど」

《別にその夢は憑現化の条件ではありませんね》

「アー、まあそれは聞いた」

結局、あの夢について、忘れることは出来ていない。

●

白の地平。

ただ広がる、真っ白な、何も無い地平と青黒い空のフィールド。あれは、

……単なる悪夢？　中卒間近のメンタルの表現だったのかな。

だが、あれを見たときの実感は、未だに濃く記憶にある。

あの、何も無くて、何も解らず、ただどうしていいかを迷うだけの空間。

もしもそれを受け入れたら、自分が変わってしまうような懸念は、憶えている。

……あの白の地平に立ったら、自分は，何も出来ずに終わっていくしか無いんだろうか。

ここに来ること決めたのも、そういう懸念を払拭するというのが、ちょっとある。

……環境が変われば、ああいう悪夢は見なくなるだろうからね。

《あまり気にしない方がいいのでは？》

「ホントに思考に介入してくるね、お前」

●

いやまあ、と画面が言った。

《貴女の夢のことは別として　憑現化については　その究明が　ここ大空洞範囲では行われて

いますよ》
　そうだ。
　大空洞範囲。
　話と思考をズラす意味ももって、己は表示枠に問いかけた。

「やっぱ大空洞範囲の説明入る？」

《〝普通〟ですと入りますね　当地のことですが　ただ　前提として〝大空洞〟の説明となります》

■大空洞

《素人説明で失礼します。
　大空洞、または大空洞範囲とは　東京大解放の後　日本・東京中央部と埼玉県南側　英国・オクスフォードに発生した階層式地下空間です
　各階層はダンジョン型　オープンワールド型と個性豊かですが　一定期間ごとに更新され多様な資源があるために民間ベースで攻略が進められております
　この大空洞が持つ法則　概念の影響下にある土地を大空洞範囲と呼びます》
　地元にいたとき、こちらの検査をした医者から説明されたものだった。

「英国オクスフォード、そして日本だと、東京の大空洞範囲が有名だね」

「大空洞範囲？　って、あれって確か……」

「そう。東京中央に生じた異世界直結型大空洞ね」

「あれ、異世界なんです？」

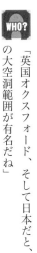

「まあ確定されてないけどね。されると大事だから。でもまあ、大体そうだろうって向こうの知り合いも言ってるし。
　今は特区かつ自治体で、一つの都市扱い。知らない？　スローライフダンジョン生活、国営放送のアレ」

「すみません。テレビ見ない世代なんで……」

アー、最近はねー、と、そんな相槌を打たれた。

「君に生じた〝憑現化〟は、その範囲下全ての人間に生じていてね。発生は、大空洞の出現と時期を同じくしているから、まあ、発生数としては珍しいことじゃない」

「……で？　そのナンタラ範囲が、何で自分に？」

「ごく希なケースで〝飛び地〟現象が発生する。君のは恐らくそれだ。
　――学校とか、この川崎ではいろいろ大変だろう？　しかし大空洞範囲では憑現者達の能力が活きる。希望するならば、大空洞範囲の学校に振り替え手続きをするよ？　スローライフダンジョン生活。たまに世界を揺るがす大発見だ。行ってみる？」

　そうすることになった。

●

《貴女　いろいろ大変でしたねえ》

「アー、まあ、周辺からいろいろ気ー遣われてたから、あまりそういう実感ないかな」

《じゃあ別にいいです》

「こ、この……！」

　と画面相手にムキになっていると、不意の音が響いた。

「ん？」

　聞こえてくるのは、一定の長さで繰り返される高音の軋み。

　周囲の皆が足を止めて宙を仰ぐのは、警報だ。

《緊急事態警報ですね　レベル5から1まであり　5が〝テキトー〟で1が〝マジヤバイ〟です》

「これは？」

《テキトーなので、お好きにどうぞ》

そういうものなのかなあ、と思う程度には、そわそわする音だ。

ただ、朝の空気を貫く響きは、西から発生していた。

続くように、街中に仕掛けられた無数の鳥居型インフォメーションから、空中に表示枠が展開した。

空中のコンソール、映るのは、大木を背後に控えた神社と、その前に立つ巫女だった。

『あ！　どうもです！　大空洞範囲の皆さん！　大空洞浅間神社の桜です！

今日も富士山見えてて良い感じですね！　御元気メーターがぎゅんぎゅん回ってます！　で、聞いて下さいよ！　私今ちょっとメシ食ってた処なんですけど、マー納豆混ぜつつゲコエイジのデイリーこなしてたら一大事！　多摩テック前の中空洞？　最近出来たアレの結界を下からゴンって破って駄竜出て来たみたいで、今、タチケの中洞部の人達が向かってますね！

なのでここからはタチケの触夫さんの責任と言うことで！　一応、御近所のＭＵＨＳでは副長の代田ちゃんが大空洞ＴＡ待ちだったのやめてスタンバってますけど、代田ちゃん出た方が被害拡大しないですかね？　じゃあ、現場の触夫さん、頑張って下さいねー!!

あ、一応、緊急事態レベルは５のままで！

フツー！　続きは現場で!!』

■桜

《素人説明で失礼します

桜は東京大解放を起こした東京五大頂の一角〝武蔵勢〟から当地に派遣された巫女で　大空洞範囲の地脈　流体管理　各種サービスなどを大空洞浅間神社にて行っております。

桜木の人造精霊と言われていますが　正体は定かではありません》

「というか、そういう大物が一応出て来たって事は、対応があるの？」

《既にタチケ　立川警察が動いています
――来ますね》

●

「……来てる？」

　街中に響く放送と、重なってくるサイレン音。その主体は大きめのエンジン音。駆動系の高音も、全て右から聞こえて寄せる。
　来た。

「――結構派手なの来るねえ！」

　通りを来て、そして行くのは、２トントラックを改造した装甲車の列だった。
　表面に鳥居型装甲と十字型装甲を組み合わせた反発禊祓式のトラックは、立川警察署・中央大空洞部のエンブレムつきだ。
　五台が車列で続いていく。
　先頭車両には、装甲服を纏った触手が乗っていた。

「クッソ！　桜の野郎、好き勝手言いやがって！　――ともあれ急ぐぞ！　現場直近のＭＵＨＳが動いたら、遊園地護るために結界化しかねん！」

■触夫

《素人説明で失礼します
触夫は埼立川警察署・中央大空洞部一課の中隊長で階級は警部
アタッカー系触手としての憑現化が第五段階まで進み　今は地元密着型の〝おまわりさん〟として有事の際には実働部隊として出場しています》

「……ここ来て最初のネームドが触手だとは、夢にも思わなかったよ……」

●

　触夫としては、朝からの面倒ごとは有り難

かった。
……夜の方が厄介なこと多いからな！
怪異も何も、出るだけ出てくる都市だ。
地元民としては守るのが仕事。しかし、

「――通神です！　駄竜存在不確定状態を確認！　ワイバーン級水棲系駄竜、四足型！　現状の遺伝詞振動は三重和音、８ＢＩＴ形式です！」

「まだまだ出切ってねえってか！　じゃあこっちは先回りして16ＢＩＴ形式で行く！　武神隊も合流するまでに音楽流しとけ！」

　そして装甲車から奏でられるのはＦＭ三音ＰＳＧ三音にビットチューンされた祝詞だ。

　電子のドラム音にトラックの装甲が反応し、ボクセル型の流体光をチップで散らしていく。

　大音と響き。

　遠くからは、何か雷鳴のような、咆吼も聞こえてきた。

　だが周囲、道を行く学生達は、そういったものに戸惑うことが無い。

「頑張って――！」
　自分達の装甲車に手を振ってくれるのは、応援だろう。
　自分が〝手〟を振っても触手の威嚇にしか見えないと思うので、やめておく。代わりというように、装甲服の女性乗組員達が手を振り返す。

●

「……コレで〝フツー〟って、結構凄くない？」

《周囲の反応見れば解りますが　一ヶ月後には貴女も〝ワーイ〟とか　そういう風になっていると思いますよ？》
　そういうものかなあ、と思う。
　だが、遠く響くサイレンの音と、それとは別に談笑しながら歩いて行く学生達を見ると、

「まあここもそれなりの鉄火場なんだろうけど、確かにちょっとズレがあるよね」

自分のいた川崎も鉄鋼都市・ＫＡＷＡＳＡＫＩの名で、己もちょっとは〝力〟を使えたのだ。

だがまあ、今はそれもなく。

「えーと、東京大空洞学院……」

白い校舎の学校。

そんな場所が自分の通う処だ。

一回、挨拶に来たことがある。

大空洞範囲に居住するため、二週間の中間域待機場生活を送った後のことだ。

　諸処手続きや大空洞範囲内の一般常識などを学んだ上で、転入の挨拶に来たのだが、その時は別の方角から学校敷地に入った。

「あれは西からだっけ……？」

《行動履歴を辿るとバスで行っていますね　西からの入り口直通です
　しかし今回は　南からの徒歩です
　そして今　東京大空洞学院の正門前ですが何か疑問が？》

いや、と己は言葉を作った。

手元に射出出来る表示枠と、そのガイドに従ってかなり歩いてきたが、

……目の前の森が、正門前って言うんだよな……。

だが、眼前にあるのは森だ。

何となく人工っぽい木々の密集。

だけど、前に来たとき、こんな森あったっけ？　と、そんなことを思っていると、右手側から声が来た。

「――時季外れの新入生ですの？　こちらですわよ？」

●

突然の呼びかけに対し、反応したのは画面だった。

《――失礼します
照合　公開範囲情報をオーナーに開示しても問題無いでしょうか》

「え？　別に構いませんわよ？　――私を知らない一年となると、転入生ですの？」

「え？　え？　どういうこと？」

　こちらの疑問に、画面が一度上下に揺れてから応じる。

《当ＡＩは優秀ですので　相手の情報を開示する前に　大丈夫かどうか念押ししたのです　何しろ貴方は転入生という特殊な立場です　向こうが設定を〝公開〟としていても　それを想定しているとは思えませんので》

「別に構いませんわ。――どうぞ？」

■牛子

《素人説明で失礼します
牛子は英国オクスフォードからの移住者でジャージー牛の憑現者です
　中央武蔵路学院一年梅組　戦種は近接武術士
所属ユニットはエンゼルステアです》

《ランキングについても公開設定とされていますが　多種ありますので詳細が必要でしたらお申し付け下さい》

「いやいやいや、何か他人のいろいろ見るの、気マズイし」

《でも向こうも同様に確認しておりますので》

　見れば、牛子の方も表示枠を開き、こちらと画面を交互に確認している。そして、

「……あら？　貴方、まだユニットが未決ですのね」

「？　ユニット？　どういうこと？」

■ユニット

《素人説明で失礼します
ユニットとは　大空洞範囲で活動する際　互助など行う集まりのことです》

「クランと違うの？」

《当初はクラン呼称で　その内部にユニットがある　という扱いだったのです
しかし　クランの分裂や個人の尊重ということで個人ユニットも認められるようになり　ユニット呼称が通用しています　クラン呼称は三十代より上の世代のものとなっていますね》

「——懐かしいですわね、そういう説明。私もこっち来た頃、いろいろと御世話になりましたわ」

牛子の顔横にも表示枠が出ていて、こちらに軽く頭を下げる。そして、

「——開示情報見る限り、表向きは所属ユニットが決まってないようですわね。ただ、勧誘不許可になっているようなので、何処かに所属する予定がありますの？」

「あ、はい。——追って沙汰するとか、責任者と会わせるとか、そういうのもあって今日来たんですけど」

《所属先ユニットの代表から参加許可を得て正式決定する予定です》

そうなんですの、と牛子が応じる。そして彼女はこちらに視線を向け、

「私達、同い年だからそんな丁寧に喋らなくていいですのよ？」

「いや、そっちの喋りも、それはそれでどうかなって……」

「アー、まあ、私の方、今から直すのも、翻訳加護も面倒ですので」

意外とアバウトだな……、とそんなことを思う。

すると彼女が、長身の背を向けた。

「……まあいいですわ。入り口が解っていなくて困っていたのでしょう？　案内してあげますから、ついてきなさいな」

●

それは不思議な体験だった。

牛子の後をついて、森へと〝入る〟ように踏み込む。

どう考えても〝森に踏み込む〟流れだ。しか

し、

「え？　森……」

道があった。

牛子の背の向こう、やや右にカーブする石畳の道路と歩道があるのだ。

通学の学生姿も幾つかあって、普通の登校風景がそこに見える。

だが、

「え……？」

ふと左右を見ると、道路など何も無い

「森に戻った!?」

〝森〟だった。

……ヤバい……！

真っ正面を見ても、牛子の長身も何も無くなっている。

森の中に、置いて行かれたようになってしまった。

慌てて後ろを確認したのは、そちらに、さっき渡った横断歩道と街道があると思ったからだ。

無かった。

「うわ……!?」

四方全てが、奥深い木々の群となっていた。

《アー　やっちまいましたね　ここ　大空洞の入り口みたいなものなので》

「どういうこと!?」

叫んだ瞬間だ。

「ちょっと」

襟奥、というか、首の後ろに長い指が掛けられた。

直後。逆らえない程度の力で、不意に姿を見せた彼女に抱きかかえられる。

牛子としては、まあよくあることですわね、と理解している。
何が何だか解っていないダークエルフを道路に降ろし、

「――大丈夫ですわ。前、私を見るようになさいな」
と、ダークエルフの身を淡く剥がす。すると彼女は、こちらを見上げ、

「……あれ？　また道路に戻ってる？」

「――視線を逸らすと見えなくなりますわよ？　とりあえず通学の皆を見て、自分を馴染ませなさいな。
私、ちょっと上の方に貴女のことなど確認を取りますから」
と、己は表示枠を開いて、ダークエルフに笑みを送る。
対する彼女は、首を縦に何度も振って周囲に視線を向け始めた。

……真面目ですわねー。
そんな性格でダークエルフに〝憑現化〟したならば、いろいろ苦労があったろう。
ともあれこちらは、通神で確認を取る。

『もし？　生徒会居室ですの？　ええ、エンゼルステアの牛子ですの。ちょっと確認を――』
新しい仲間が増えると、先輩からは聞いていたが、彼女がそうだろうか。

☆Retake...finish!!

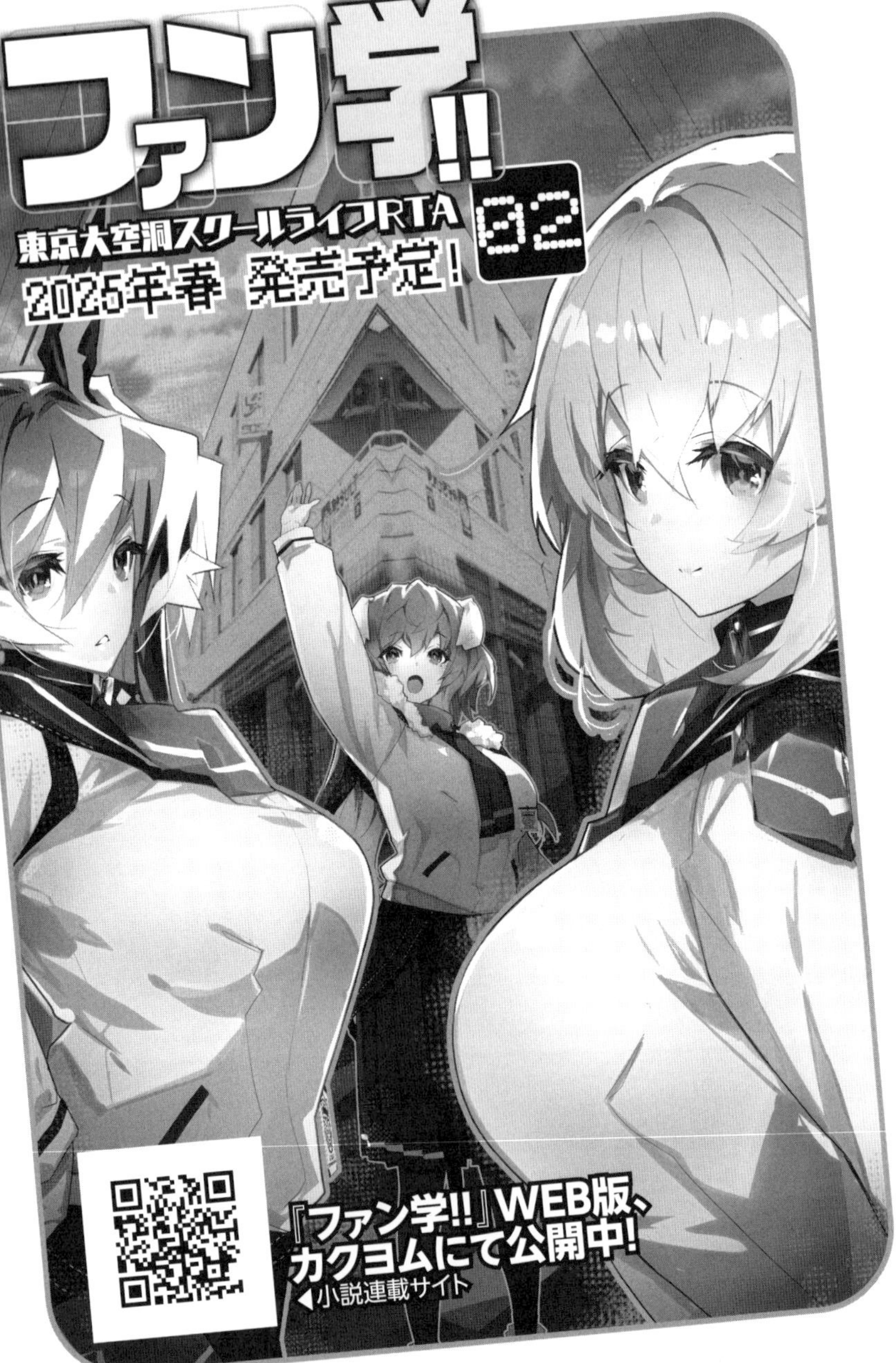
ファン学!!
東京大空洞スクールライフRTA
02
2025年春　発売予定！
『ファン学!!』WEB版、
カクヨムにて公開中!
◀小説連載サイト

電撃の新文芸

ファン学!!
東京大空洞スクールライフRTA

著者／川上 稔
イラスト／さとやす（TENKY）

2024年10月17日　初版発行

発行者／山下直久
発行／株式会社ＫＡＤＯＫＡＷＡ
〒102-8177　東京都千代田区富士見2-13-3
0570-002-301（ナビダイヤル）
印刷／TOPPANクロレ株式会社
製本／TOPPANクロレ株式会社

【初出】
本書は、カクヨムに掲載された『ファン学!!　東京大空洞スクールライフRTA』を加筆・修正したものです。

ISBN978-4-04-915874-8　C0093　Printed in Japan

ファンレターあて先
〒102-8177
東京都千代田区富士見2-13-3
電撃の新文芸編集部

「川上 稔先生」係
「さとやす（TENKY）先生」係

この物語はフィクションです。実在の人物・団体等とは一切関係ありません。